百部红色经典

少年漂泊者

蒋光慈 著

图书在版编目（CIP）数据

少年漂泊者 / 蒋光慈著. -- 北京：北京联合出版公司，2021.4
（百部红色经典）
ISBN 978-7-5596-5073-3

Ⅰ.①少… Ⅱ.①蒋… Ⅲ.①中篇小说—小说集—中国—现代 Ⅳ.①I246.5

中国版本图书馆CIP数据核字(2021)第030807号

少年漂泊者

作　　者：蒋光慈
出 品 人：赵红仕
责任编辑：徐　鹏
封面设计：赵银翠

北京联合出版公司出版
（北京市西城区德外大街83号楼9层 100088）
北京新华先锋出版科技有限公司发行
涿州汇美亿浓印刷有限公司印刷　新华书店经销
字数206千字　787毫米×1092毫米　1/16　12印张
2021年4月第1版　2021年4月第1次印刷
ISBN 978-7-5596-5073-3
定价：49.00元

版权所有，侵权必究
未经许可，不得以任何方式复制或抄袭本书部分或全部内容
本书若有质量问题，请与本社图书销售中心联系调换。电话：（010）88876681-8026

出版前言

为庆祝中国共产党成立100周年，全面展现中国共产党成立以来中华民族辉煌的发展历程、取得的伟大成就和宝贵经验，集中体现中华民族的文化创造力和生命力，北京联合出版公司策划了"百部红色经典"系列丛书，希望以文学的形式唱响礼赞新中国、奋斗新时代的昂扬旋律。

本套丛书收录了近一百年来，描绘我国人民在中国共产党的领导下艰苦奋斗、开拓创新、改革开放的壮美画卷，充分展现我国社会全方位变革、反映社会现实和人民主体地位、弘扬社会主义核心价值观、讴歌中华民族伟大复兴中国梦的100部文学经典力作。

本套丛书汇集了知侠、梁晓声、老舍、李心田、李广田、王愿坚、马烽、赵树理、孙犁、冯志、杨朔、刘白羽、浩然、李劼人、高云览、邱勋、靳以、韩少功、周梅森、石钟山等近百位具有代表性的中国现当代著名作家。入选作品中，有国民革命时期探索革命道路的《革命的信仰》《中国向何处去》,有描写抗日战争的《铁道游击队》《敌后武工队》《风云初记》《苦菜花》,有描绘解放战争历史画卷的《红嫂》《走向胜利》《新儿女英雄续传》,有展现新中国建设历程的《三里湾》《沸腾的群山》《激情燃烧的岁月》,有寻找和重建民族文化自信的《奠基者》,也有改革开放后反映中国社会现状、探索中国道路的《中国制造》,同时还收录了展现革命英雄人物光辉事迹的《刘胡兰传》《焦裕禄》《雷锋日记》等。

本套丛书讲述了丰富多样的中国故事,塑造了一大批深入人心的中国形象,奏响了昂扬奋进的中国旋律。这些经历了时间检验的文学作品,在艺术表现形式、文学叙述方式和创作技巧等方面都具有开拓性和创造性,作品的质量、品位、风格、内涵等方面都具有很高的水准,都是有筋骨、有道德、有温度的优秀作品,很多作家的作品都曾荣获"五个一工程奖""茅盾文学奖""鲁迅文学奖""国家图书奖"等奖项。

为将该套丛书打造成为集思想性、艺术性、时代性为一体,展现新时代文学艺术发展新风貌的精品图书,北京联合出版公司成立了由出版界、文学艺术界的资深专家和学者组成的编辑委员会。他们从文学作品的历史价值、文学价值、学术价值、现实意义等维度对作品进行了深入细致的研读和筛选,吸收并借鉴了广大读者的意见与建议,对入选作品进行深入细致的分析与综合评定,努力将"百部红色经典"系列丛书打造成为政治性、思想性和艺术性和谐统一的优秀读物,向伟大的中国共产党成立100周年这一光荣的日子献礼!

目　录

少年漂泊者………001

短裤党……………063

野　祭……………131

少年漂泊者

拜轮呵!
你是黑暗的反抗者;
你是上帝的不肖子;
你是自由的歌者;
你是强暴的劲敌。
飘零呵,毁谤呵……
这是你的命运罢,
抑是社会对于天才的敬礼?

——录自作者《怀拜轮》

自　序

在现在唯美派小说盛行的文学界中，我知道我这一本东西，是不会博得人们喝彩的。人们方沉醉于什么花呀月呀，好哥哥，甜妹妹的软香巢中，我忽然跳出来做粗暴的叫喊，似觉有点太不识趣了。

不过读者切勿误会我是一个完全粗暴的人！我爱美的心，或者也许比别人更甚一点；我也爱幻游于美的国度里。但是，现在我所耳闻目见的，都不能令我起美的快感，更那能令我发美的歌声呢？朋友们！我也实在没有法子呵！

倘若你们一些文明的先生们说我是粗暴，则我请你们莫要理我好了。我想，现在粗暴的人们毕竟占多数，我这一本粗暴的东西，或者不至于不能得着一点儿同情的应声。

蒋光慈，1925 年 11 月 1 日，于上海

一[1]

维嘉先生：

我现在要写一封长信给你，——你接着它时，一定要惊异，要奇怪，甚于莫名其妙。本来平常我们接到人家信时，一定先看看是从什么地方寄来的，是谁寄来的。倘若这个给我们写信的人为我们所不知，并且他的信是老长老长的，我们一定要惊异，要奇怪。因此，我能想定你接着我这一封长信的时候，你一定要发生莫名其妙而有趣的情态。

你当然不知道我是何如人。说起来，我不过是一个漂泊的少年，值不得一般所谓文学家的注意。我向你抱十二分的歉，——我不应写这一封长信，来花费你许多贵重的时间。不过我还要请你原谅我，请你知道我对于你的态度。我虽然不长于文学，但我对于文学非常有兴趣；近代中国文学家虽多，然我对于你比较更敬仰一点，——我敬仰你有热烈的情感，反抗的精神，新颖的思想，不落于俗套。维嘉先生！你切勿以此为我恭维你的话，这不过是我个人的意思，其实还有多少人小觑你，笑骂你呢！我久已想写信给你，但是我恐怕你与其他时髦文学家同一态度，因之总未敢提笔。现在我住在旅馆里，觉着无聊已极，忽然想将以前的经过——漂泊的历史——提笔回述一下。但是向谁回述呢？我也不是一个大文学家，不愿做一篇自传，好藉之以炫异于当世；我就是将自传做了，又有谁个来读它呢？就是倘若发生万幸，这篇自传能够入于一二人之目，但是也必定不至于有好结果，——人们一定要骂我好不害臊，这样的人也配做自传么？维嘉先生！我绝对没有做自传的勇气。

现在请你原谅我。我假设你是一个不鄙弃我的人，并且你也不讨厌我要

---

[1] 本书收录的作品均为蒋光慈的代表作。其作品在字词使用和语言表达等方面均具有鲜明的时代特色。此次出版，根据作者早期版本进行编校，文字尽量保留原貌，编者基本不做更动。

回述自己漂泊的历史给你听听。我假设你是一个与我表同情的人，所以我才敢提起笔来向你絮絮叨叨地说，向你表白表白我的身世。维嘉先生！请你不要误会！我并不希望借你的大笔以润色我的小史，——我的确不敢抱着这种希望。

我也并不是与你完全不认识。五六年前我原见过你几次面，并且与你说过几句话，写过一次信。你记不记得你在W埠当学生会长的时代？你记不记得你们把商务会长打了，把日货招牌砍了，一切贩东洋货的奸商要报你们的仇？你记不记得一天夜里有一个人神色匆促向你报信，说奸商们打定主意要报学生仇，已经用钱雇了许多流氓，好暗地把你们学生，特别是你，杀死几个？这些事情我一点儿都未忘却，都紧紧地记在我的脑里。维嘉先生！那一天夜里向你报信的人就是我，就是现在提笔写这一封长信给你的人。当时我只慌里慌张地向你报告消息，并没有说出自己的姓名。你听了我的报告，也就急忙同别人商量去了，并没有问及我的姓名，且没有送我出门。我当时并不怪你，我很知道你太过于热心，而把小礼节忘却了。

这是六年前的事，你大约忘记了罢？维嘉先生！你大约更不知道我生活史中那一次所发生的事变。原来我那一夜回去太晚了，我的东家疑惑我将他们所定的计划泄漏给你们，报告给你们了，到第二天就把我革去职务，不要我替他再当掌柜的了。这一件事情，你当然是不知道。

我因为在报纸上时常看见你的作品，所以很知道你的名字。W埠虽是一个大商埠，但是，在五六年前，风气是闭塞极了，所谓新文化运动可以说是没有。自从你同几位朋友提倡一下，W埠的新潮也就渐渐涌起来了。我不愿意说假话，维嘉先生，我当时实在受你的影响不少！你记不记得有一年暑假时，你接到了一封署名汪中的信？那一封信的内容，一直到如今，我还记得，并且还可以背诵得出。现在我又提笔写长信给你，我不问你对于我的态度如何，讨厌不讨厌我，但我总假设你是一个可以与我谈话的人，可以明白我的人。

那一年我写信给你的时候，正是我想投江自杀的时候；现在我写信给你时的情绪，却与以前不同了。不过写这前后两封信的动机是一样的，——我以为你能明白我，你能与我表同情。维嘉先生！我想你是一个很明白的人，你一定知道：一个人当万感丛集的时候，总想找一个人诉一诉衷曲，诉了之后才觉舒服些。我并不敢有奢望求你安慰我；倘若你能始终听我对于自己历史的回述，那就是我最引以为满意的事了。

现在，我请你把我的这一封长信读到底！

二

在安徽省T县P乡有一乱坟山，山上坟墓累累，也不知埋着的是那些无告的孤老穷婆，贫儿苦女，——无依的野魂。说起来，这座乱坟山倒是一块自由平等的国土，毫无阶级贵贱的痕迹。这些累累的坟墓，无论如何，你总说不清那一个尊贵些，卧着的是贵族的先人；那一个贫贱些，卧着的是乞丐的祖宗。这里一无庄严的碑石，二无分别的记号，大家都自由地排列着，也不论什么高下的秩序。或者这些坟墓中的野魂，生前受尽残酷的蹂躏，不平等的待遇，尝足人世间所有的苦痛；但是现在呵，他们是再平等自由没有的了。这里无豪贵的位置，豪贵的鬼魂绝对不到这里来，他们尽有自己的国土；这里的居邻尽是些同等的分子，所谓陵弱欺贱的现象，大约是一定不会有的。

乱坟山的东南角，于民国四年九月十五日，在丛集土堆的夹道中，又添葬了一座新坟。寥寥几个送葬的人将坟堆积好了，人家都回去了，只剩下一个戴孝的约十五六岁的小学生，他的眼哭得如樱桃一般的红肿。等到一切人都走了，他更抚着新坟痛哭，或者他的泪潮已将新坟涌得透湿了。

夕阳渐渐要入土了，它的光线照着新掩埋的坟土，更显出一种凄凉的红黄色。几处牧童唱着若断若续的归家牧歌，似觉是帮助这个可怜的小学生痛哭。晚天的秋风渐渐地凉起来了，更吹得他的心要炸裂了。暮帐愈伸愈黑，把累累坟墓中的阴气都密布起来。忽而一轮明月从东方升起，将坟墓的颜色改变了一下，但是谁个能形容出这时坟墓的颜色是如何悲惨呢？

他在这时候实在也没有力量再哭下去了。他好好地坐在新坟的旁边，抬头向四面一望，对着初升的明月出了一会神。接着又向月光下的新坟默默地望着。他在这时候的情绪却不十分悲惨了，他的态度似乎觉得变成很从容达观的样子。他很从容地对着新坟中的人说道：

"我可怜的爸爸！我可怜的妈妈！你俩今死了，你俩永远抛下这一个弱苦的儿子，无依无靠的我。

"你俩总算是幸福的了：能够在一块儿死，并且死后埋在一块，免去了终古的寂寞。黑暗的人间硬逼迫你俩含冤而死，恶劣的社会永未给过你俩以少微的幸福。你俩的冤屈什么时候可以申雪？你俩所未得到的幸福又什么时候可以偿还呢？

"但是，我的爸爸！我的妈妈！你俩现在可以终古平安地卧着，人世间的恶魔再不能来扰害你俩人。这里有同等的邻居，——他们生前或同你俩一样地受苦，他们现在当然可以做你俩和睦的伴侣。这里有野外的雨露，——你俩生前虽然背了许多耻辱，但是这些雨露或可以把你俩的耻辱洗去。这里有野外的明月，——你俩生前虽然一世过着黑暗的生活，但是现在你俩可以细细领略明月的光辉。

"爸爸！妈妈！平安地卧着罢！你俩从今再不会尝受人世间的虐待了！

"但是，你俩倒好了，你俩所抛下一个年幼的儿子——我将怎么办呢？我将到何处去？我将到何处去？……"

说到此时，他又悲伤起来，泪又不禁涔涔地流下。他想，他的父母既然被人们虐待死了，他是一个年幼的小孩子，当然更不知要受人们如何虐待呢！他于是不禁从悲伤中又添加了一层不可言状的恐惧。

"倒不如也死去好……"他又这般地想着。

维嘉先生！这一个十六岁的小学生，就是十年前的我。这一座新坟里所卧着的，就是我那可怜的，被黑暗社会所逼死的父母。说起来，我到现在还伤心，——我永远忘却不了我父母致死的原因！现在离我那可怜的父亲之死已经有十年了，在这十年之中，我总未忘却我父亲是为着什么死的。

江河有尽头，此恨绵绵无尽期！我要为我父母报仇，我要为我父母伸冤，我要破坏这逼使我父母惨死的万恶社会。但是，维嘉先生，我父母死去已十年了，而万恶的社会依然，而我仍是一个抱恨的漂泊的少年！

三

民国四年，我乡不幸天旱，一直到五月底，秋禾还没有栽齐。是年秋收甚劣，不过三四成。当佃户的倘若把课租缴齐与主人（我乡称地主为主人），就要一点儿也不剩，一定要饿死。有些佃户没有方法想，只得请主人吃酒，哀告将课租减少。倘若主人是有点良心的，则或将课租略略减少一点，发一发无上的大慈悲；不过多半主人是不愿意将课租减少的，——他们不问佃户有能力缴课租与否，总是硬逼迫佃户将课租缴齐，否则便要驱逐，便要诉之于法律，以抗缴课租罪论。有一些胆小的佃户们，因为怕犯法，只得想方设法，或借贷，或变卖耕具，极力把课租缴齐；倘若主人逼得太紧了，他们又无法子可想，最后的一条路不是自杀，就是卖老婆。有一些胆大的佃户们，没有方法想，只得随着硬抵，结果不是被驱逐，就是挨打，坐监狱。因之，那一年我县的监狱倒是很兴旺的。

我家也是一个佃户。那一年上帝对于穷人大加照顾，一般佃户们都没脱了他的恩惠。我家既然也是一个佃户，当然也脱不了上帝的恩惠，尝一尝一般佃户们所受的痛苦。我家人口共三人，我的父母和我。我在本乡小学校读书，他们俩在家操作；因为天旱，我的书也读不成了，就在家里闲住着。当时我的父母看着收成不好，一家人将要饿死，又加着我们的主人势大，毫不讲一点儿理由，于是天天总是相对着叹气，或相抱着哭泣。这时真是我的小生命中的一大波浪。

缴课租的日子到了。我家倘若把收得的一点粮食都缴与主人罢，则我们全家三口人一定要饿死；倘若不缴与主人罢，则主人岂能干休？我的父母足足哭了一夜，我也在旁边伴着他俩老人家哭。第二日早饭过后，主人即派人来到我家索课租。那两个奴才仗着主人的势力，恶狠狠地高声对我父亲说：

"汪老二！我们的主人说了，今天下午你应把课租担送过去，一粒也不许缺少，否则打断你的狗腿！"

我的父母很悲惨地相互默默地望着。那两个奴才把话说完就出门去了。我俯在桌子上，也一声儿不响。到后来还是我母亲先开口问我父亲：

"怎么办呢？"

"你说怎么办呢？只有一条死路！"

我听见我父亲说出一条死路几个字，不禁放声哭了。他俩见我放声哭了，也就大放声哭起来，后来，我想老哭不能完事，一定要想出一个办法。于是我擦一擦眼泪，抬头向父亲说：

"爸爸！我想我们绝对不至于走到死路的。我想你可以到主人家里去哀告哀告，或者主人可以发点慈悲，不至于拼命地逼迫我们。人们大约都有点良心，当真我们的主人是禽兽不成？爸爸！你去试一试，反正我们也没有别的方法可想……"

我们的主人是最恶不过的。人家都称他为刘老太爷；因为他的大儿子在省署里做官，——做什么官我也不清楚——有声有势；二儿子在军队里做营长，几次回家来威武极了。这位刘老太爷有这么两位好儿子，当然是可以称雄于乡里的了，因之作恶为祟，为所欲为，谁也不敢说一句闲话。他平素对待自己的佃户，可以说酷虐已极，无以复加！当时我劝我父亲去向他哀告，不过是不得已的办法；我父亲也知道这种办法，是不会得着效果的。不过到了没有办法的时候，也只得要走这一条路。于是我父亲听从了我的话，向我母亲说：

"事到如此地步，我只得去试一试，倘若老天爷不绝我们的生路，他或者也发现点天良，慈悲我们一下，也未可知。我现在就去了，你们且在家等着，莫要着急！"

我父亲踉跄地出门去了。

刘老太爷的家——刘家老楼——离我家不远。父亲去后，我与母亲在家提心吊胆地等着。我只见我母亲的脸一会儿发红，一会儿发白，一会儿又落泪。照着她脸上的变态，我就知道她心里是如何地恐慌，如何地忧惧，如何地悲戚，如何地苦痛。

但是我当时总找不出安慰她老人家的话来。

四

　　维嘉先生！人世间的残酷和恶狠，倘若我们未亲自经验过，有许多是不会能令我们相信的。我父母之死，就死在这种残酷和恶狠里。我想，倘若某一个人与我没什么大仇恨，我决不至于硬逼迫他走入死地，我决不忍将他全家陷于绝境。但是，天下事决不能如你我的想望，世间人竟有比野兽还毒的。可怜我的父母，我的不幸的父母，他俩竟死于毫无人心的刘老太爷的手里！……

　　当我劝父亲到刘老太爷家里哀告时，虽未抱着大希望，但也决料不到我父亲将受刘老爷的毒打。就是我父亲自己临行时，大约也未想及自己就要死于这一次的哀告。我与我母亲老在家等我父亲回来，等他回来报告好的消息。我当时虽然未祷告，但是，我想，我的母亲一定是在心中暗地祷告，求菩萨保佑我们的性命，父亲的安稳，但是菩萨的双耳听错了：我母亲祈祷的是幸福，而他给与的却是灾祸。从这一次起，我才知道所谓上帝，所谓菩萨，是穷人们极反对的。

　　我们等父亲回来，但等至日快正中了，还未见父亲回来。母亲不耐烦跑到门外望，——睁着眼不住地向刘家老楼那一方向望。我还在屋里坐在椅子上东猜西想，就觉着有什么大祸要临头也似的。忽而听见门外一句悲惨而惊慌的呼唤声：

　　"中儿！你出来看看，那，那是不是你的父亲？……"

　　我听见这一句话，知道是母亲叫唤我，我急忙跑出来。此时母亲的态度更变为惊慌了。我就问她：

　　"怎么了？父亲在什么地方？"

　　"你看，那走路一歪一倒的不是你的父亲么？吃醉了酒？喂！现在那有酒吃呢？说不定被刘老太爷打坏了……"

　　呵！是的！被我母亲猜着了。父亲一歪一倒地愈走愈近，我和母亲便向前去迎接他。他的面色现在几如石灰一样的白，见着我们一句话也不说，只是泪汪汪地。一手搭在我的肩上，一手搭在母亲的肩上，示意教我俩将他架到屋里去。我和母亲将他架到屋里，放在床上之后，我母亲才问他：

"你，你怎么弄到这般样子？……"

我母亲哭起来了。

我父亲眼泪汪汪地很费力气地说了两句话：

"我怕不能活了，我的腰部，我的肚肠，都被刘老太爷的伙计踢坏了……"

我母亲听了父亲的话，更大哭起来。很奇怪，在这个当儿，我并不哭，只呆呆地向着父亲的面孔望。我心里想着："我父亲与你有什么深仇大恨，你忍心下这般的毒手？哀告你不允，也就罢了，你为什么将他打到这个样子？咳！刘老太爷你是人，还是凶狠的野兽？是的！是的！我与你不共戴天，不共戴天！

"你有什么权力这样行凶作恶？我们是你的佃户，你是我们的主人？哼，这是什么道理呀？我们耕种土地，你坐享其成，并且硬逼迫我们饿死，将我们打死，陷我们于绝境，……世界上难道再有比这种更为残酷的事么？

"爸爸！你死在这种残酷里，你是人间的不幸者，——我将永远不能忘却这个，我一定要……爸爸呀！"

当时我想到这里，我的灵魂似觉已离开我原有的坐处。模模糊糊地我跑到厨房拿了一把菜刀，径自出了家门，向着刘家老楼行去。进了刘家老楼大门之后，我看见刘老太爷正在大厅与一般穿得很阔的人们吃酒谈笑，高兴得不亦乐乎。他那一副黑而恶的太岁面孔，表现出无涯际的得意的神情；那一般贵客都向他表示出十二分的敬礼。我见着这种状况，心内的火山破裂了，任你将太平洋的水全般倾泻来，也不能将它扑灭下去。我走向前向刘老太爷劈头一菜刀，将他头劈为两半，他的血即刻把我的两手染红了，并流了满地，满桌子，满酒杯里。他从椅子上倒下地来了，两手继续地乱抓；一般贵客都惊慌失色地跑了。有的竟骇得晕倒在地下。

大厅中所遗留的是死尸，血迹，狼藉的杯盘，一个染了两手鲜血的我。我对着一切狂笑，我得着了最后的胜利。……

这是我当时的幻觉。我可惜幻觉不能成为事实，但是有时候幻觉也能令人得到十分的快愉。在当时的幻觉中，我似觉征服了一切，斩尽了所有的恶魔，恢复了人世间的光明。倘若事实能够与幻觉相符合，幻觉能够真成为事实，维嘉先生，你想想这是多么令人满意的事呵！

我很知道幻觉对于失意人的趣味，一直到现在，我还未抛却爱幻觉的习惯。倘若在事实上我们战不胜人，则我们在幻觉中一定可以战胜人；倘若刘老太爷到现在还未被我杀却，但是在幻觉中我久已把他杀却了。

我以为幻想是我们失意人之自慰的方法。

五

当晚我同母亲商议，老哭不能医好父亲的创伤，于是决定我第二日清早到J镇上去请K医生。

父亲一夜并未说别的话，只是"哎哟！哎哟！……"地哼；母亲坐在床沿上守着他，只是为无声的暗泣。我一夜也没睡觉，——这一夜我完全消耗在幻觉里。

第二日清早，我即到J镇上去请K医生。J镇距我家有四五里之遥，连请医生及走路，大约要一两个钟头。

维嘉先生！我真形容不出来人世间是如何的狠毒，人们的心是如何的不测！在这一两个钟头之内，我父母双双地被迫着惨死，——他俩永远地变成黑暗的牺牲者，永远地含冤以终古！说起来，真令人发指心碎呵！当时我还是一个小孩子，一点幼稚的心灵怎能经这般无可比拟的刺激？我真不晓得为什么我没有疯癫，我还能一直活到现在。

原来我去后不久，刘老太爷派一些伙计们到我家来挑课租。他们如狼似虎的拿着扁担稻箩跑到我家来，不问我家愿意与否，就下手向谷仓中量谷。我母亲起初只当他们是抢谷的强盗，后来才知道他们是刘老太爷的伙计。她本是一个弱女子，至此也忍不得不向他们大骂了。病在床上的父亲见着如此的情形，于是连气带痛，就大叫一声死去了——永远地死去了。母亲见着父亲死去，环顾室内的物品狼藉，以为没有再活着的兴趣，遂亦在父亲的面前用剪刀刺喉而自尽了。

当刘老太爷的伙计们挑稻出门，高唱快活山歌的时候，就是我父母双双惨死的时候。人世间的黑暗和狠毒，恐怕尽于此矣！

我好容易把医生请到了，实指望我父亲还有万一痊愈的希望。又谁知医生还未请到家，他已含冤地逝去；又谁知死了一个父亲还不算，我母亲又活活地被逼而自尽。唉！人世间的凄惨，难道还有过于这种现象的么？

我一进家门，就知道发生了事变。及到屋内见着了母亲的惨状，满地的血痕，我的眼一昏，心房一裂，就晕倒在地，失却了一切的知觉。此时同我一阵来我家的K医生，大约一见势头不好，即逃之夭夭了。

这是一场完全表现出人间黑暗的悲剧。

晕倒过后，我又慢慢地苏醒过来。一幅极凄惨的悲景又重展开在我的面前，我只有放声地痛哭，唉！人世间的黑暗，人们的狠毒，社会的公平，公理的泯灭……

维嘉先生！请你想想我当时的情况是什么样子！一个十五六岁的小孩子，没有经验，少经世故，忽然遇着这么大的惨变，这是如何的沉痛呵！我现在想想，有时很奇怪，为什么我当时没有骇死，急死，或哭死。倘若我当时骇死，或急死，或哭死，倒也是一件对于我很幸的事情。说一句老实话，在现在的社会中，到处都是冷酷的，黑暗的，没有点儿仁爱和光明，实在没有活着做人的趣味。但是，维嘉先生，不幸到现在我还没有死，我还要在这种万恶的社会中生存着。万恶的社会所赐与我的痛苦和悲哀，维嘉先生，就是你那一枝有天才的大笔，恐怕也不能描写出来万分之一呵！万恶的社会给与我的痛苦愈多，更把我的反抗性愈养成得坚硬了，——我到现在还是一个漂泊的少年，一个至死不屈服于黑暗的少年。我将此生的生活完全贡献仕奋斗的波浪中。

当时我眼睁睁地看着父母的死尸，简直无所措手足，不知怎么办才好。一个十五六岁的小孩子，遇着这种大惨变，当然是没有办法的。幸亏离我家不远的有一位邻家，当时邻家王老头子大约知道我家发生惨变，于是就拿着拐杖跑到我家看看到底是什么一回事。他一看见我家内的情形，不禁连哭带哼地说了一句：

"这是我们耕田的结果！……"

当时王老头子，他是一个很忠实的老农夫，指点我应当怎么办，怎么办。我就照着他老人家的指点，把几个穷亲戚，穷家族，请了来商量一商量。当时我的思想注重在报仇，要同刘老太爷到县内去打官司。大家都摇头说"不行，不行"：刘老太爷的势力浩大，本县县知事都怕他，——每任县知事来上任时，一定先要拜访拜访他，不然，县知事就做不安稳；一个小百姓，况且又是他的佃户，如何能与他反抗呢？

"这也是命该的。"

"现在的世界，哪有我们穷人说理的地方！倒不如省一件事情，免去一次是非的好。里外我们穷人要忍耐一点。"

"汪中，你要放明白些，你如何是刘老太爷的对手？你的父母被他弄死，已经是很大的不幸，你千万再不要遭他的毒手了！"

"我的意思，不如碰他一下也好——"

"算了罢，我们现在先把丧事治好了要紧。"

"……"

大家七嘴八舌，谁也找不出一个办法。

维嘉先生！父母被人害了，而反无一点申诉的权利，人世间的黑暗难道还有过于此者？我一想起来现在社会的内情，有时不禁浑身发抖，战栗万状。倘若我们称现世界为兽的世界，吃人的世界，我想这并不能算过火。我们试一研究兽类的生活，恐怕黑暗的程度还不及人类呵！

结果，大家都主张不与刘老太爷打官司，我当时是一个小孩子，当然也不能有什么违拗。

于是，于是我的父母，我的可怜的父母，就白白地被刘老太爷逼死了！……何处是公理？何处是人道？维嘉先生！对于弱者，对于穷人，世界上没有什么公理和人道，——这个我知道得很清楚，很详细，你大约不以为言之过火罢。唉！我真不愿意多说了，多说徒使我伤心呵！

六

丧事匆匆地办妥。有钱的人家当然要请和尚道士到家里念经超度,还要大开什么吊礼;但是,我家穷得吃的都没有,那还有钱做这些面子?借贷罢,有谁个借给我们?——父母生前既是穷命,死后当然也得不着热闹。民国四年九月十五日,几个穷亲族冷清清地,静悄悄地抬着两口白棺材,合埋在乱坟山的东南角。

于是黑暗的人间再没有他俩的影迹了,——他俩从此抛却人间的一切,永远地,永远地脱离了一切痛苦……

维嘉先生!我漂泊的历史要从此开始了。父母在时,他俩虽是弱者,但对于我总是特加怜爱的,绝不轻易加我以虐待。他俩既死了,有谁个顾及一个零丁的孤子?有谁个不更加我以白眼呢?人们总是以势利为转移,惯会奉承强者,欺压弱者。维嘉先生!我又怎能脱离这弱者的遭遇呢?父母生前为人们所蹂躏,父母死后,一个孤苦的十五六岁的小孩子受人们的蹂躏更不足怪了!我成了一个孤苦而无人照顾的孩子。

伏着新坟痛哭,痛哭以至于无声无力而啜泣。热泪涌透了新坟,悲哀添加了夕阳的暗淡,天地入于凄凉的惨色。当时会有谁个了解这一个十五六岁小孩子的心境,谁个与他表一点人类的同情,谁个与他一点苦痛中的安慰,谁个为他洒一点热泪呢?他愈悲哀则愈痛哭,愈痛哭则愈悲哀,他,他真是人世间不幸的代表了!

维嘉先生!你当然是很知道的,在现代的社会中,穷孩子,特别是无父母的穷孩子,是如何受人们的欺侮。回忆过去十年中的生活,我真是欲哭无泪,心神战栗。我真了解了穷孩子的命运!倘若这个命运是上帝所赐与的,那我就将世界的穷孩子召集在一起,就是不能将上帝——害人的恶物——打死,也要骂得他一个头昏目眩!人们或者说我是上帝的叛徒,是呵!是呵!我承认,我承认我是上帝的叛徒……

当晚从新坟回来之后，一个人——此时我家里只剩下我一个人了——睡在床上，又冷清，又沉寂，又悲哀，又凄惨，翻来覆去，总是不能入梦。想想这里，想想那里，想想过去，想想将来，不知怎么办才好。继续读书罢，当然是没有希望了。耕田罢，我年纪轻了，不行。帮人家放牛罢，喂，又要不知如何受主人的虐待。投靠亲族罢，喂，那个愿意管我的事？自杀罢，这个，恐怕不十分大好受。那末，到底怎么办呢？走什么路？向何处去？到处都不认识我，到处都没有我的骨肉，我，我一个小孩子怎么办呢？

维嘉先生！我当时胡思乱想的结果，得着了一条路，决定向着这一条路上走。你恐怕无论如何也猜不出这一条路是什么路。

我生性爱反抗，爱抱不平。我还记得我十三岁那一年，读《史记》读到《朱家郭解传》，不禁心神向往，慨然慕朱家郭解之为人。有一次先生问我："汪中！历史上的人物，据你所知道的，那一个最令你钦佩些？"

"我所佩服的是朱家郭解一流人物。也许周公孔子庄周……及各代所谓忠臣义将有可令人崇拜的地方，但是他们对于我没有什么趣味。"我回答先生说。

"朱家郭解可佩服的在什么地方？"先生很惊异地又问我。

"他们是好汉，他们爱打抱不平，他们帮助弱者。先生！我不喜欢耀武扬威有权势的人们，我不明白为什么要尊敬圣贤，我专佩服为穷人出气的……"

我说到这里，先生睁着两只大眼向我看着，似觉很奇怪，很不高兴的样子。他半晌才向我"哼"了一句：

"非正道也！"

维嘉先生！也许我这个人的思想自小就入于邪道了，但是既入于邪道了，要想改入正道，也是一件很不容易的事情。我到现在总未做过改入正道的念头，大约将来也是要走邪道到底的。但是，维嘉先生！我现在很希望你不以为我是一个不走正道的人，你能了解我，原谅我。倘若你能与我表一点同情，则真是我的万幸了！

民国四年，我乡土匪蜂起，原因是年年天旱，民不聊生，一般胆大的穷人都入于土匪的队伍，一般胆小一点的穷人当然伏在家中挨饿。闻说离我家四十余里远有一桃林村，村为一群土匪百余人所盘踞。该一群土匪的头目名叫王大金刚，人家都说他是土匪头目中的英雄：他专门令手下的人抢掠富者，毫不骚扰贫民，并且有一些贫民赖着他的帮助，得以维持生活。他常常说："现在我们穷人的世界到了，谁个不愿意眼睁睁地饿死，就请同我一块儿来！我们同是人，同具一样的五官，同是一样地要吃，同是一样的肚皮，为什么我们就应当饿死，而有钱的人就应当快活享福呢？……"这一类的话是从别人口中传到我的耳里，无论真确不真确，可是我当时甚为之所引动。就是到现在，我还时常想起这位土匪头目的话，我虽未见过他一面，但我总向他表示无限的敬意。喂！维嘉先生！我说到此处，你可是莫要害怕，莫要不高兴我崇拜土匪！我老实向你说，我从未把当土匪算为可耻的事情，我并且以为有许多土匪比所谓文质彬彬，或耀武扬威的大人先生们好得多！倘若你以为当土匪是可耻的，那末，请你把土匪的人格低于大人先生的人格之地方指示出来！我现在很可惜不能亲身与你对面讨论讨论这个问题。不过你是一个有反抗性的诗人，我相信你的见解不至于如一般市侩的一样。你的见解或同我的一样。喂！维嘉先生！我又高攀了。哈哈！

上边我说胡思乱想的结果，得着了一条路。维嘉先生！你现在大约猜着了这一条路是什么路罢？这一条路就是到桃林村去入伙当土匪。我想当土匪的原因：第一，我的身量也很长了，虽然才十六岁，但是已经有当土匪的资格了；第二，无路可走，不当土匪就要饿死；第三，王大金刚的为人做事，为我所敬仰，我以为他是英雄；第四，我父母白白地被刘老人爷害死，此仇不共戴天，焉可不报？我向王大金刚说明这种冤屈，或者他能派人来刘家老楼，把刘老太爷捉住杀死。有了这四种原因，我到桃林村入伙的念头就坚定了。

"到桃林村入伙去！"

打算了一夜，第二天清早我即检点一点东西随身带着，其余的我都不问了，任它丢也好，不丢也好。到桃林村的路，我虽未走过一次，但是听人说过，自以为也没甚大要紧。当我离开家门，走了几步向后望时，我的泪不觉渗渗地下了！

"从此时起，你已经不是我的家了！……父母生前劳苦的痕迹，我儿时的玩具，一切，一切，我走后，你还能保存么？……此后我是一个天涯的孤子，漂泊的少年，到处是我的家，到处是我的寄宿地，我将为一无巢穴的小鸟……你屋前的杨柳呵！你为我摇动久悬的哀丝罢，你树上的雀鸟呵！你为我鸣唱漂泊的凄清罢！我去了……"

将好到桃林村的路，要经过乱坟山的东南角，我当时又伏在新坟上为一次辞别的痛哭。东方已经发白了。噪晓的鸟雀破了大地沉寂，渐渐地又听着牧歌四起，——这是助不幸者的痛苦呢，抑是为漂泊少年的临别赠语？维嘉先生！你想想我这时的心境是如何悲哀呵！

"我亲爱的爸爸妈妈！我可怜的爸爸妈妈！你知道你俩的一个孤苦的儿子现在来与你俩辞别么？你俩的儿子现在来与你俩辞别，也许是这最后的……永远的……

"我亲爱的爸爸妈妈！我可怜的爸爸妈妈！也许这一去能够成全我的痴念，能够为你俩雪一雪不世的冤屈；也许你俩的敌人要死在我手里；也许仇人的头颅终究要贡献在你俩的墓前；也许……

"但是，我亲爱的爸爸妈妈！我可怜的爸爸妈妈！也许你俩的儿子一去不复还，也许你俩的儿子永远要漂流在海角天边，也许你俩的儿子永远再不来瞻拜墓前……

"……"

七

　　黑云渐渐密布起来了。天故意与半路的孤子为难也似的：起初秋风从远处吹来几点碎雨，以为还没有什么，总还可以走路的；谁知雨愈下愈大，愈下愈紧，把行路孤子的衣履打得透湿，一小包行李顿加了很大的重量。临行时忘却随身带一把伞，不但头被雨点打得晕了，就是两眼也被风雨吹打得难于展开。

　　"天哪！你为什么这么样与我为难呢？我是一个不幸的孤子，倘若你是有神智的，你就不应加我以这样的窘迫。

　　"这四周又没有人家，我将如何是好呢？我到何处去？……难道我今天就死于这风雨的中途吗？……可怜我的命运呀！

　　"天哪！你应睁一睁眼呵！……"

　　我辞别了父母之墓，就开步向桃林村进行。本来我家离桃林村不过四十余里之遥，半日尽可以到了；可是我从未走过长路，出过远门，二者我身上又背着一小包行李，里边带着一点吃食的东西，虽然不大重，但对于我——一个十六岁的读书学生，的确是很重的了；因此，我走了半天，才走到二十多里路。路径又不熟，差不多见一个人问一个人，恐怕走错了路。临行时，慌里慌张地忘却带雨伞，当时绝未料及在路中会遇着大雨。谁知天老爷是穷人的对头，是不幸者的仇敌，在半路中竟鬼哭神号地下了大雨。维嘉先生！请你想一想我当时在半路中遇雨的情况是什么样子！我当时急得无法哭起来了。哭是不幸者陷于困难时的唯一表示悲哀的方法呵。

　　我正一步一步带走带哭的时候，忽听后面有脚步声，濮池濮池地踏着烂泥响。我正预备回头看的时候，忽听着我后面喊问一声："那前边走的是谁呀！请停一步……"听此一喊问，我就停着不动了。那人打着雨伞，快步走到我面前来，原来是一个五十余岁的，面貌很和善的老头儿。他即速把伞将我遮盖住，并表示一种很哀悯的情态。

"不幸的少先生！你到什么地方去呀？"

"我到桃林村去；不幸忘却带伞，现在遇着雨了。"

"我家离此已经不远了，你可以先到我家避一避雨，待天晴时，然后再走。你看好不好？"

"多谢你老人家的盛意！我自然是情愿的！"

我得着了救星，心中就如一大块石头落下去了。当时我就慢慢地跟着这一位老头儿走到他的家里来。可是刚一到了他家之后，因为我浑身都淋湿了，如水公鸡也似的，无论如何，我是支持不住了：浑身冻得打战，牙齿嗑着"达达"地响。老头儿及他的老妻——也是一个很和善的老太婆——连忙将我衣服脱了，将我送上床躺着，用被盖着紧紧地，一面又烧起火来，替我烘衣服。可是我的头渐渐大起来了，浑身的热度渐渐膨胀起来了，神经渐渐失却知觉了，——我就大病而特病起来了。我这一次病的确是非常严重，几乎把两位好意招待我的老人家急得要命。在病重的过程中，我完全不知道我自己的状况及他俩老人家的焦急和忙碌；后来过了两天我病势减轻的时候，他俩老人家向我诉说我病中的情形，我才知道我几番濒于危境。我对于他俩老人家表示无限的感激。若以普通惯用的话来表示之，则真所谓"恩同再造"了。

我的病一天一天地渐渐好了。他俩老人家也渐渐放心起来。在病中，他俩老人家不愿同我多话，恐怕多说话妨害我的病势。等到我的病快要好了的时候，他俩才渐渐同我谈话，询问我的名姓和家室，及去桃林村干什么事情。我悲哀地将我的家事及父母惨死的经过，一件一件向他俩诉说，他俩闻之，老人家心肠软，不禁替我流起老泪来了；我见着他俩流起泪来，我又不禁更伤心而痛哭了。

"你预备到桃林村去做什么呢？那里有你的亲戚或家门？……那里现在不大平安，顶好你莫要去，你是一个小孩子。"

问我为什么到桃林村去，这我真难以答应出来。我说我去找亲戚及家门罢，我那里本来没有什么亲戚和家门；我说我去入伙当土匪罢，喂，这怎能说出呢？说出来，恐怕要……不能说！不能说！我只得要向这俩老人家说谎话了。

"我有一位堂兄在桃林村耕田，现在我到他那儿去。老爹爹！你说那里现在不平安，到底因为什么不平安呢？莫不是那地方有强盗——"

"强盗可是没有了。那里现在驻扎着一连兵,这兵比强盗差不多,或者比强盗还要作恶些。一月前,不错,桃林村聚集了一窝强盗,可是这些强盗,他们并不十分扰害如我们这一般的穷人。现在这些官兵将他们打跑了,就在桃林村驻扎起来,抢掠不分贫富,弄得比土匪强盗还厉害!唉!现在的世界——"

我听老头儿说到这里,心里凉了半截。糟糕!入伙是不成的了,但是又到何处去呢?天哪!天哪!我只暗暗地叫苦。

"现在的世界,我老实对少先生说,真是弄到不成个样子!穷人简直不能过日子!我呢?少先生!你看这两间茅棚,数张破椅,几本旧书,其他什么东西都没有;一个二十余岁的儿子,没有法想,帮人家打长工;我在家教一个蒙馆以维持生活,与老妻才不至于饿死;本来算是穷到地了!但是,就是这样的穷法,也时常要挨受许多的扰乱,不能安安地过日子。

"我教个小书,有许多人说我是隐士,悠然于世外。喂!我是隐士?倘若我有权力,不瞒少先生说,我一定要做一番澄清社会的事业。但是,这是妄想呵!我与老妻的生活都难维持,还谈到什么其他的事业。

"少先生!我最可惜我的一个可爱的儿子。他念了几年书,又纯洁,又忠实,又聪明。倘若他有机会读书,一定是很有希望的;但是,因为家境的逼迫,他不得已替人家做苦工,并且尝受尽了主人的牛马般的虐待。唉!说起来,真令人……"

老头儿说到此地,只是叹气,表现出无限的悲哀。我向他表示无限的同情,但是这种同情更增加我自身的悲哀。

王老头儿(后来我才晓得他姓王)的家庭,我仔细打量一番,觉着他们的布置上还有十分雅气,确是一个中国旧知识阶级的样子,但是,穷可穷到地了。我初进门时未顾得看王老头儿的家庭状况,病中又不晓得打量,病好了才仔细看一番,才晓得住在什么人家的屋子里。

老夫妻俩伺候我又周到,又诚恳。王老头儿天天坐在榻前,东西南北,古往今来,说一些故事给我听,并告诉了我许多自己的经验,我因之得了不少的知识。迄今思之,那一对老人家的面貌,待我的情义,宛然尚在目前,宛然回旋于脑际。但是,他俩还在人世么?或者已经墓草蓬蓬,白骨枯朽了……

当时我病好了,势不能再常住在王老头儿夫妻的家里,虽然他俩没有逐客的表示,但是我怎忍多连累他俩老人家呢?于是我决定走了。临行的时候,王

老头儿夫妻依依不舍,送一程又一程,我也未免又洒了几点泪。他俩问我到什么地方去,我含糊地答应:

"到……到城里去。"

其实,到什么地方去呢?维嘉先生!何处是不幸者的驻足地呢?我去了!但是到什么地方去呢?……

八

离了王老头儿家之后，我糊里糊涂走了几里路，心中本未决定到什么地方去。回家罢，我没有家了；到桃林村去罢，那里王大金刚已不在了，若被不讲理的官兵捉住，倒不是好玩的；到城里去罢，到城里去干什么呢？想来想去，无论如何想不出一条路。最后我决定到城里去，俟到城里后再作打算。我问清了路，就沿着大路进行。肩上背着一个小包里带着点粮，还够两天多吃，一时还不至于闹饥饿。我预备两天即可到城里，到城里大约不至于饿死。

天已经渐渐黑了。夕阳慢慢地收起了自己的金影，乌鸦一群一群地飞归，并急噪着暮景。路上已没有了行人。四面一望，一无村庄，二无旅店，——就是有旅店，我也不能进去住宿，住宿是要有钱才可以的，我那有钱呢？不得已还是低着头往前走。走着，走着，忽看见道路右边隐隐约约似觉有座庙宇，俄而又听着撞钟的声音——"叮当，叮当"的响。我决定这是一座庙宇，于是就向着这座庙宇走去。庙宇的门已经闭了，我连敲几下，小和尚开门，问我干什么事，我将归宿的意思告诉他。他问了老和尚的意思，老和尚说可以，就指定我在关帝大殿右方神龛下为我的宿处。大殿内没有灯烛，阴森森，黑漆漆地有鬼气，若是往常，你就打死我也不敢在这种地方歇宿，但是现在一在走累了，二在没有别的地方，只得将就睡去。初睡的时候，只听刺郎刺郎的响，似觉有鬼也似的，把我头发都骇竖了起来。但是因为走了一天的路，精神疲倦太甚，睡神终究得着胜利了。

第二天早晨，我正好梦正浓的时候，忽然有人把我摇醒了。我睁眼一看，原来一个胖大的和尚和一个清瘦的斯文先生立在我旁边，向我带疑带笑地看。

"天不早了，你可以醒醒了，这里非久睡之地。"胖和尚说。

"你倒像一个读书的学生，为什么这样狼狈，为什么一个人孤行呢？你的年纪还不大罢？"清瘦的斯文先生说。

我只得揉揉眼起来，向他们说一说我的身世，并说我现在成一个漂流的孤子，无亲可投，无家可归。至于想到桃林村入伙而未遂的话，当然没有向他们说。他俩听了我的话之后，似觉也表示很大的同情的样子。

"刘先生！这个小孩子，看来是很诚实的，我看你倒可以成全他一下。你来往斯文之间，出入翰墨之家，一个人未免有点孤单，不如把他收为弟子或做收书童，一方面侍候你，二方面为你的旅伴。你看好不好呢？"胖和尚向着清瘦的斯文先生说。

"可是可以的，他跟着我当然不会饿肚子，我也可以减少点劳苦。但不知他自己可愿意呢？"清瘦的斯文先生沉吟一下回答胖和尚。

我听了胖和尚的话，又看看这位斯文先生的样子，我知道这位斯文先生是何等样的人了——他是一个川馆的先生。维嘉先生！川馆先生到处都有，我想你当然知道是干什么勾当的。当时我因为无法可想，反正无处去，遂决定照着胖和尚的话，拜他做老师，好跟着他东西南北鬼混。于是就满口应承，顺便向他磕一个头，就拜他为老师了。斯文先生喜欢的了不得，向胖和尚说了些感激成全的话。胖和尚吩咐小和尚替我们预备早饭，我就大吃而饱吃了一顿。早饭之后，我们向胖和尚辞行，出了庙门；斯文先生所有的一切所谓的文房四宝，装在一个长布袋里，我都替他背着。他在前头走，我在后头行。此后他到那里，我也到那里，今天到某秀才家里写几张字画，明天到某一个教书馆里谈论点风骚，倒也十分有趣。我跟着他跑了有四个多月的光景，在这四个月之中，我遇着许多有趣味的事情。我的老师——斯文先生——一笔字画的确不错，心中旧学问有没有，我就不敢说了。但我总非常鄙弃他的为人：他若遇着比自己强的人，就恭维夸拍的了不得；若遇着比自己差的人，就摆着大斯文的架子，那一种态度真是讨厌已极！一些教蒙馆的先生们，所怕的就是川馆先生，因为川馆先生可以捣乱，使他们的书教不成。有一些教蒙馆的先生们见着我们到了，真是战战兢兢，惶恐万状。我的这位老师故意难为他们，好藉之以敲他们的竹杠——他们一定要送我们川资。哈哈！维嘉先生！我现在想起来这些事情，真是要发笑了。中国的社会真是无奇不有呵！

倘若我的老师能够待我始终如一，能够不变做老师的态度，那末，或者我要多跟他一些时。但是他中途想出花头，变起卦来了。我跟他之后，前三个月内，他待我真是如弟子一般，自居于老师的地位；谁知到了最后一个多月，他的老师的态度渐渐变了：他渐渐同我说笑话，渐渐引诱我狎戏；我起初还不以为意，谁知我后来觉着不对了，我明白了他要干什么勾当，——他要与我做那卑污无耻的事情……我既感觉着之后，每次夜里睡觉总下特别的戒备，虽然他说些调戏的话，我总不做声，总不回答他。他见我非常庄重，自己心中虽然非常着急，但未敢居然公开地向我要求，大约是不好意思罢。

有一晚我们宿在一个小镇市上的客店里。吃晚饭时，他总是劝我喝酒，我被劝得无法可想，虽不会喝，但也只得喝两杯。喝了酒之后，我略有醉意，便昏昏地睡去。大约到十一二点钟的光景，忽然一个人把我紧紧地搂着，我从梦中惊骇得一跳，连忙喊问："是谁呀？是谁呀？""是我，是我，莫要喊！"我才知道搂我的人是我的老师。

"老师！老师！你怎么的了？你怎么……"

"不要紧，我的宝宝！我的肉！你允许我，我……"

"老师！这是什么话，这怎么能行呢！"

"不要紧，你莫要害怕！倘若你不允许我，我就要……"

他说着就要实行起来。我这时的羞忿，真是有地裂我都可以钻进去！但是，事已至此，怎么办呢？同他善说，教他把我放开罢，那是绝对没有效果的。幸亏我急中生出智来，想了一个脱逃的方法。

"好！老师！我顺从你，我一定顺从你。不过现在我要大便，等我大便后，我们再痛痛快快地……你看好不好？"

"好！好！快一点！"

他听到我顺从他的话，高兴的了不得，向我亲几个嘴，就把我放开了。我起来慌忙将上下衣服穿上，将店门开开，此时正三月十六，天还有月亮，我一点什么东西都没带，一股气跑了五六里。我气喘喘地坐在路旁边一块被露水浸湿的石头上休息一下。自己一个孤凄凄地坐着，越想越觉着羞辱，越想越发生愤恨，我不禁又放声痛哭了。

"天哪！这真是孤子的命运呵！

"我的爸爸！我的妈妈！你俩可知你俩所遗留下来的一个苦儿今天受这般的羞辱么？

"唉！人们的兽行……"

当时我真悲哀到不可言状！我觉着到处都是欺侮我的人，到处都是人面的禽兽……能照顾我的或者只有这中天无疵瑕的明月，能与我表同情的或者只有这道旁青草内蛐蛐的虫声，能与我为伴侣的或者只有这永不与我隔离的瘦影。

九

　　自从那一夜从客店跑出之后,孑然一身,无以为生;环顾四周,无所驻足。我虽几番欲行自杀的短见,但是求生之念终战胜了求死之心。既然生着,就要吃饭,我因此又过了几个月乞儿的生活。今日破庙藏身,明夜林中歇宿,受尽了风雨的欺陵,忍足了人们的讥笑。在这几个月中,从没吃过一顿热腾腾的白饭,喝过一碗干净净的清茶。衣服弄得七窟八眼,几几乎把屁股都掩盖不住。面貌弄得瘦黑已极,每一临水自照,喂,自己不禁疑惑自己已入鬼籍了。维嘉先生!我现在很奇怪我居然没有被这种乞儿的生活糟蹋死!每一想起当年过乞儿生活的情形,不禁又要战栗起来。好在因为有了几个月乞儿的经验,我深知道乞儿的生活是如何的痛苦,乞儿的心灵是如何的悲哀,乞儿的命运是如何的不幸。……

　　维嘉先生!人一到穷了,什么东西都要欺侮他。即如狗罢,它是被人家豢养的东西,照理是不应噬人的,但是它对于叫化子可以说种下了不世的深仇,它专门虐待叫化子。有一次我到一个村庄去讨饭,不料刚一到该村庄的大门口,"轰隆"一声,从门口跑出几只大狗来,把我团团地围住,恶狠狠地就同要吃我也似的,真是把我骇得魂不附体!我喊着喊着,忽然一条黑狗"呼池"向我腿肚子就是一下,把我腿肚子咬得两个大洞,鲜血直流不止。幸亏这时从门内出来了一个十六七岁的小姑娘,她把一群恶兽叱开,我才能脱除危险,不然我一定要被它们咬死了。小姑娘看着我很可怜,就把我领到屋里,把母亲喊出来,用药把我的伤包好,并给了我一顿饭吃。

　　维嘉先生!到现在我这腿肚上被狗咬的伤痕还在呢。这是我永远的纪念,这是不幸者永远的纪念……

　　叫化子不做贼,也是没有的事情。维嘉先生!倘若你是叫化子,终日讨不到饭吃,同时肚子里饿得枯里枯里地响,你一定要发生偷的念头,那时你才晓得做贼是不得已的，是无可奈何的。但是没有饿过肚子的人，不知饿肚子的苦楚，一定要说做贼是违法的，做贼是不道德的，——叫化子做贼，叫化子就是最讨厌的东西。

有一天，半天多没有讨到饭吃，肚子实在饿得难过；我恰好走到一块瓜田里，那西瓜和甜瓜一个一个的都成熟了，我的涎水不觉下滴，我的肚子一定要逼迫我的手摘一个来吃。当伸手摘瓜的时候，我心里的确是害怕：倘若被瓜主人看见了，我一定不免要受一顿好打。但是肚子的权威把害怕的心思压下去了，于是我就偷摘了一个甜瓜和一个西瓜。我刚刚将瓜摘到手里，瓜棚子里就跑出来了两个人，大声喊着：

"你还不把瓜放下！你这小子胆敢来偷我们的瓜呀！你大约不要命了，今天我们给你一个教训……"

他俩喊着喊着就来捉我，我丢了瓜就跑，可是因为肚子太空了，没有点儿力气跑，我终被捉住，挨了一次痛打。维嘉先生！偷两个瓜算什么，其罪就值得挨一次痛打么？为什么肚子饿了，没有吃瓜的权利？为什么瓜放在田里，而不让饿肚子的人吃？为什么瓜主人有打偷瓜人的权利？维嘉先生！你可以回答我的这些问题么？

我在乞儿生活上所受的痛苦太多了，现在我不愿一件一件地向你说，空费了你的时间。人世间不幸的真象，我算深深地感觉，深深地了解了。我现在坐在这旅舍的一间房里，回忆过去当乞儿的生活，想像现在一般乞儿的情况，我的心灵深处不禁起伏着无限的悲哀。维嘉先生！那一个是与我这种悲哀共鸣的人呢？

请君一走到街里巷间，看一看那囚首丧面衣衫褴褛的乞儿，——他们代表世界的悲哀，人间的不幸。你且莫以为这是不必注意的事，他们是人类遗弃的分子！

人总还是人呵！他们的悲哀与不幸，什么时候终能捐除呢？他们什么时候才能进入快乐和幸福的领域？倘若人间一日有他们的存在，这个我以为总不是光明的人世！或者有一些人们以为现在所存在的一切，是很可以令人满意的了，不必再求其他；我以为这些人们的生活状况，知识和经验，大约是不允许他们明白我所说的事情，或者他们永远不愿意明白。……

维嘉先生！我写到这里，我又怕起来了，怕你麻烦我尽说这一类的话。但是，维嘉先生！请你原谅我，请你原谅我不是故意地向你这般说，——我的心灵逼迫我要向你这样叨叨絮絮地说。或者你已经厌烦了，但是，我还请你忍耐一下，继续听我的诉说。

十

H城为皖北一个大商埠，这地方虽没有W埠的繁盛，但在政治文化方面，或较W埠为重要。军阀，官僚，政客，为H城的特产，中国无论那一处，差不多都没有此地产的多，——这大约因为历史的关系。维嘉先生！你大约知道借外兵打平太平天国的李大将军，开鱼行的王老板，持斋念佛的段执政，……这些有名人物罢？这些有名人物的生长地就是H城。

这是闲话，现在且向你说我的正事。

我过着讨饭的生活，不知不觉地漂流到H城里来。在城里乞讨总是给铜钱——光绪通宝——的多，而给饭的少。在乡间乞讨就不一样了，大概总是给米或剩饭，差不多没有给钱的。在城里乞讨有一种好处，就是没有狗的危险。城里的狗固然是有，但对于叫化子的注意，不如乡间狗对于叫化子注意的狠。这是我的经验。

一日我讨到一家杂货店叫瑞福祥的，门口立着一个五十几岁的胡子老头儿，他对我仔细地看一看，问我说：

"你今年多大年纪了？年轻轻的什么事不能做，为什么一定要讨饭呢？你姓什么？是那里人氏？"

我听了他的话，不禁悲从中来，涔涔地流下了泪。"年轻轻的什么事不能做，为什么一定要讨饭呢？"这句话真教我伤心极了！我是因为不愿意做事而讨饭么？我做什么事情？谁个给我事情做？谁个迫我过讨饭的生活？我愿意因讨饭而忍受人们的讥笑么？我年轻轻的愿意讨饭？我年轻轻的居然讨饭，居然受人们的讥笑，……哎哟！我无涯际的悲哀向谁告诉呢？天哪！唉！……

老头儿见我哭起来了，就很惊异，便又问道：

"你哭什么呢？有什么伤心事？何妨向我说一说呢？"

我就一五一十地又向他述了我的身世及迫而讨饭的原因。我这样并不希望他能怜悯我，搭救我，不过因为心中悲哀极了，总是想吐露一下，无论他能了解与表同情与否，那都不是我所顾到的。并且我从来就深信，要想有钱的人怜悯穷人，表同情于穷人，——这大半是幻想，是没有结果的幻想。也许世界上有几个大慈大悲的慈善家，但是，我对于他们是没有希望的。维嘉先生！这或者是我的偏见，但是，这偏见是有来由的。

老头儿听了我的话，知道我是一个学生，又见我很诚实，遂向我提议，教我在他柜上当学徒。他说，他柜上还可以用一个人，倘我若愿意，他可以把我留下学生意，免得受飘零的痛苦。他并说，除了吃穿而外，他还可以给我一点零用钱。他又说，倘若我能忠心地做事，诚实地学好，他一定要提拔我。他还说其他一些别的好话头……我本知道当学徒也不是容易的事情，或者竟没过乞儿生活的自由，但是因过乞儿生活所受的痛苦太多了，也只得决定听老头儿的话，尝一尝当学徒的滋味。于是我从乞儿一变而为学徒了。

这是八月间的事。

老头儿姓刘，名静斋，这家杂货店就是他开的。杂货店的生意，比较起来，在H城里可以算为中等，还很兴盛。柜上原有伙友两位，加上我一个，就成为三个人了。可是我是学徒，他俩比我高一级，有命令使唤我的权利。有一个姓王的，他为人很和善，待我还不错；可是有一个姓刘的——店主人的本家——坏极了！他的架子，或者可以说比省长总长的架子都要大，他对我的态度非常坏，我有点不好，他就说些讥笑话，或加以责骂，——我与他共了两年事，忍受了他的欺侮可真不少！但是怎么办呢？他比我高一层，他是掌柜先生，我是学徒……

维嘉先生！学徒的生活，你大约是晓得的。学徒第一年的光阴差不多不在柜上做事情，尽消磨在拿烟倒茶和扫地下门的里面。学徒应比掌柜的起来要早，因为要下门扫地，整理一切秩序。客人来了，学徒丝毫不敢怠慢，连忙同接到天神的样子，恭恭敬敬地拿烟倒茶，两只手儿小心了又小心，谨慎了又谨慎，生怕有什么疏忽的地方。掌柜先生对待学徒，就同学徒比他小得八倍的样子。主人好的时候，那时还勉强可以；倘若主人的脾气也不好的时候，那时就叫着活要命，没有点儿舒服的机会。我的主人，说一句实在话，待我总算还不错，没有什么过于苛待的地方。

总共我在瑞福祥当了两年学徒，这两年学徒的生活，比较起来，当然比乞儿的生活好得多。第一，肚子不会忍饿；第二，不受狗的欺侮；第三，少受风雨的逼迫。有闲工夫时，我还可以看看书，写写字，学问上还有点长进。自然我当时所看的书，都只限于旧书，而无得到新书的机会。

在两年学徒的生活中，我又感觉到商人的道德，无论如何，是不会好的，——商业的本身不会使商人有好的道德。商人的目的当然是要赚钱，要在货物上得到利润，若不能得到利润，则商业就没有存在的可能。因为要赚钱，则凡可以赚钱的方法和手段，当然都是要尽量利用的；到要利用狡猾的方法和手段来赚钱，那还说到什么道德呢？

有一次一个乡下人到我们店里来买布，大约是替姑娘办嫁妆。他向我们说，他要买最好的花洋缥；我们的刘掌柜的拿这匹给他看，他说不合适；拿那匹给他看，他说也不好；结果，给他看完了，总没有一匹合他的意。我们的刘掌柜的急得没法，于是向他说，教他等一等。刘掌柜到后边将给他看过的一匹花洋缥，好好用贵重的纸包将起来，郑重其事地拿出来给乡下人看，并对乡下人道：

"比这一匹再好的，无论你到什么地方去，你也找不出来。这种花洋缥是美国货，我们亲自从上海运来的。不过价钱要贵得多，恐怕你不愿出这种高价钱……"

乡下人将这匹用好纸包着的花洋标看了又看，摸了又摸，似觉很喜欢的样子，连忙说道：

"这匹东西好，东西不错！为什么你早不拿出来呢？我既然来买货，难道我还怕价钱高吗？现在就是这一匹罢，请先生替我好好地包起来，使我在路上不致弄皱了才好！"

我在旁边看着，几几乎要笑起来了。但是，我终把笑忍在肚子里，不敢笑将出来；倘若把这套把戏笑穿了，我可负不起责任。

维嘉先生！像这种事情多得很呢！我们把这种事情当作笑话看，未始不可；但是，从此我们可以看出商业是什么东西，商人的道德是如何了。

普通学徒都是三年毕业，或者说出师，为什么我上面说我只过两年学徒的生活呢？维嘉先生！你必定要发生这种疑问，现在请你听我道来。

十一

维嘉先生！我此生只有一次的恋爱史，然就此一次恋爱史，已经将我的心灵深处，深深地刻下了一块伤痕。这一块伤痕到现在还未愈，就是到将来也不能愈，它恐怕将与吾生一并没了！我不爱听人家谈论恋爱的事情，更不愿想到恋爱两个字上去。但是每遇明月深宵，我不禁要向嫦娥悲啼，对花影流泪；她——我的可爱的她，我的可怜的她，我的不幸的她，永远地，永远地辗转在我的心头，往来在我的脑里。她的貌，她的才，当然不能使我忘却她；但是，我所以永远地不能忘却她，还不是因为她貌的美丽和才的秀绝，而是因为她是我唯一的知己，唯一的了解我的人。自然，我此生能得着一个真正的女性的知己，固然可以自豪了，固然可以自慰了；但是我也就因此抱着无涯际的悲哀，海一般深的沉痛！维嘉先生！说至此，我的悲哀的热泪不禁涔涔地流，我的刻上伤痕的心灵不禁摇摇地颤动……

刘静斋——我的主人——有一子一女。当我离开H城那一年，子九岁，还在国民小学读书；女已十八岁了，在县立女校快要毕业。这个十八岁的女郎就是我的可爱的她，我的可怜的她，我的不幸的她。或者我辜负她了，或者我连累她了，或者她的死是我的罪过；但是，我想，她或者不至于怨我，她或者到最后的一刻还是爱我，还是悬念着这个漂泊的我。哎哟！我的妹妹！我的亲爱的妹妹！你虽然为我而死，但是，我记得，我永远地为你流泪，永远地为你悲哀……一直到我最后的一刻！

她是一个极庄重而又温和的女郎。当我初到她家的时候，她知道我是一个漂泊的孤子，心里就很怜悯我，间接地照顾我的地方很多，——这件事情到后来我才知道。她虽在学校读书，但是在家中住宿的，因此她早晚都要经过店门。当时，我只暗地佩服她态度的从容和容貌的秀美，但绝没有过妄想，——穷小子怎敢生什么妄想呢？我连恋爱的梦也没做过，——穷小子当然不会做恋爱的梦。

渐渐地我与她当然是很熟悉了。我称呼她过几次"小姐"。

有一次我坐在柜台里边，没有事情做，忽然觉着有动于中，爱提笔写了一首旧诗：

> 此身漂泊竟何之？
> 人世艰辛我尽知。
> 闲对菊花流热泪，
> 秋风吹向海天陲。

诗写好了，我自己念了几遍。恰好她这时从内庭出来，向柜上拿写字纸和墨水；我见她来了，连忙将诗掩住，问她要什么，我好替她拿。她看我把诗掩了，就追问我：

"汪中！你写的是什么？为什么这样怕人看？"

"小姐，没有什么；我随便顺口诌几句，小姐，没有什么……"我脸红着向她说。

"你顺口诌的什么？请拿给我看看，不要紧！"

"小姐！你真要看，我就给你看，不过请小姐莫要见笑！"

我于是就把我的诗给她看了。她重复地看了几遍，最后脸红了一下，说道：

"诗做的好，诗做的好！悲哀深矣！我不料你居然能——"

她说到此很注意地看我一下，又低下了头，似觉想什么也似的。最后，她教我此后不要再称呼她为小姐了；她说她的名字叫玉梅，此后我应称呼她的名字；她说她很爱做诗，希望我往后要多做些；她说我的诗格不俗；她又说一些别的话。维嘉先生！从这一次起，我对于她忽然起了很深的感觉，——我感觉她是一个能了解我的人，是一个向我表示同情的人，是我将来的……

我与她虽然天天见面，但是谈话的机会少，谈深情话的机会更少。她父亲的家规极严，我到内庭的时候少；又更加之口目繁多，她固然不方便与我多说话，我又怎敢与她多亲近呢？最可恨的是刘掌柜的，他似觉步步地监视我，似觉恐怕我与她发生什么关系。其实，这些事情与他什么相关呢？他偏偏要问，偏偏要干涉，这真是怪事了！

但是，倘若如此下去，我俩不说话，怎么能发生恋爱的关系呢？我俩虽然都感觉不能直接说话的痛苦，但是，我俩可以利用间接说话的方法——写信。她的一个九岁的小弟弟就是我俩的传书人，无异做我俩的红娘了。小孩子将信传来传去，并不自知是什么一回事，但是，我俩藉此可以交通自己的情怀，互告中心的衷曲，——她居然成了我唯一的知己，穷途的安慰者。我俩私地写的信非常之多，做的诗也不少；我现在恨没有将这些东西留下，——当时不敢留下，不然，我时常拿出看看，或者可以得到很多的安慰。我现在所有的，仅仅是她临死前的一封信——一封悲哀的信。维嘉先生！现在我将这一封信抄给你看看，但是，拿笔来抄时，我的泪，我的悲哀的泪，不禁如潮一般地流了。

亲爱的中哥：

我现在病了。病的原因你知道吗？或者你知道，或者你也不知道。医生说我重伤了风，我的父母以为我对于自己的身体太不谨慎，一般与我亲近的人们都替我焦急，但是，谁个知道我的病源呢？只有我自己知道，只有我自己知道我为什么病，但是，我没有勇气说，就是说出也要惹一般人的讥笑耻骂，——因此，我绝对不说了，我绝对不愿意说了。

我真不明白，为什么人们爱做勉强的事情。我的父母并不是不知道我不愿意与王姓子订婚，但是，他俩居然与我代订了。现在听说王姓今天一封信，明天也是一封信，屡次催早日成结婚礼，这不是催早日成结婚礼，这是催我的命！我是一个弱者，我不敢逃跑，除了死，恐怕没有解救我的方法了！

中哥！我对于你的态度，你当然是晓得的：我久已经定你是我的伴侣，你是惟一可以爱我的人。你当然没有那王姓子的尊贵，但是，你的人格比他高出万倍，你的风度为他十个王姓子的所不及……中哥！我亲爱的中哥！我爱你！我爱你！……

但是，我是一个弱者，我不能将我对于你的爱成全起来；你又是一个不幸者，你也没有成全我俩爱情的能力。同时，王姓总是催，催，催……我只得病，我只有走入死之一途。我床前的药——可惜你不能来看——一样一样地摆满了。但是它们能治好我的病么？我绝对不吃，吃徒以苦人耳!

　　中哥！这一封信恐怕是最后的一封信了！你本来是一个不幸者，请你切莫要为我多伤心，切莫要为我多流泪！倘若我真死了，倘若我能埋在你可以到的地方，请你到我的墓前把我俩生前所唱和的诗多咏诵两首，请你将山花多采几朵插在我的坟顶上，请你抚着我的坟多接几个吻；但是，你本来是一个不幸者，请你切莫要为我多伤心，切莫要为我多流泪！

　　中哥！我亲爱的中哥！我本来想同你多说几句话，但是我的腕力已经不允许我多写了！中哥！我亲爱的中哥！……

妹玉梅临死前的话。

　　维嘉先生！这一封信的每一个字是一滴泪，一点血，含蓄着人生无涯际的悲哀！我不忍重读这一封信，但是，我又怎么能够不重读呢？重读时，我的心灵的伤处只是万次千番地破裂着……

十二

　　我接了玉梅诀别的信之后，不知道如何处置是好。难道我能看着我的爱人死吗？难道只报之以哭吗？

　　玉梅是为着我而病的，我一定要设法救她；我一定要使我的爱人能做如愿以偿的事情；我一定使她脱离王姓魔鬼的羁绊；呵，倘若我不能这样做，则枉为一个人了，则我成为一个负情的人了！我一定……

　　王氏子是一个什么东西？他配来占领我的爱人？他配享受得这种样子的女子——我的玉梅？我那一件事情不如他？我的人格，我的性情，我的知识，我的思想，……比他差了一点么？为什么我没有权利来要求玉梅的父亲，使他们允许我同玉梅订婚？倘若我同玉梅订了婚，则玉梅的病岂不即刻就好了吗？为父母的难道不愿意子女活着，而硬迫之走入死路吗？倘若我去要求，或者，这件事——

　　喂！不成！我的家在什么地方？我的财产在什么地方？我现在所处的是什么地位？我是一个漂泊的孤子，一个寄人篱下的学徒，我那有权利向玉梅的父母要求呢？听说王氏子的父亲做的是大官，有的是田地金钱，所以玉梅的父亲才将自己的女儿许他；而我是一个受人白眼的穷小子，怎能生这种妄想呢？况且婚约已经订了，解约是不容易的事，就是玉梅的父亲愿意将玉梅允许我，可是王姓如何会答应呢？不成！不成！

　　但是，玉梅是爱我的，玉梅是我的爱人！我能看着她死么？我能让她就活活地被牺牲了么？……

　　我想来想去，一夜没曾睡眠；只是翻来覆去，伏着枕哭。第二天清早起来，我大着胆子走向玉梅的父母的寝室门外，恰好刘静斋已经起床了。他向我惊异地看了一下，问我为什么这末样儿大清早起来找他；于是我也顾不得一切了，将我与玉梅的经过及她现在生病的原因，详详细细一五一十地告诉了他。

他听了我的话后，颜色一变，又将我仔细浑身上下看了一下，只"哼"了一声，其外什么话也没说。我看着这种情形，知道十分有九分九不大妥当，于是不敢多说，回头出来，仍照常执行下门扫地的事情。

这一天晚上，刘静斋——玉梅的父亲——把我叫到面前，向我说了几句话：

"汪中，你在我这里已经两年了，生意的门道已经学得个大概；我以为你可以再往别处去，好发展发展。我这里现下用人太多，而生意又不大好，不能维持下去，因此我写了一封介绍信，将你介绍到 W 埠去，那里有我的一个朋友开洋货店，他可以收容你。你明天就可以动身；这里有大洋八元，你可以拿去做盘费。"

刘静斋向我说了这几句后，将八元大洋交给我，转身就走了。我此时的心情，维嘉先生，你说是如何的难受呵！我本知道这是什么一回事，——刘静斋辞退我，并不是因为什么生意不好，并不是因为要我什么发展，乃是因为我与他的女儿有这末一层的关系。这也难怪他，——他的地位，名誉，信用……比他女儿的性命更要紧些；他怎么能允许我的要求，成全女儿的愿望呢？

这区区的八元钱就能打发我离开此地么？玉梅的命，我对于玉梅的爱情，我与玉梅的一切，你这八元钱就能驱散而歼灭了么？喂！你这魔鬼，你这残忍的东西，你这世界上一切黑暗的造成者呵！你的罪恶比海还深，比山岳还高，比热火还烈！玉梅若不是你，她的父母为什么将她许与王姓子？我若不是你，我怎么能无权利要求刘静斋将自己的女儿允许我？玉梅何得至于病？我何得至于漂流？我又何得活活看着自己的爱人走于死路，而不能救呢？喂！你这魔鬼，你这残忍的东西，你这世界上一切黑暗的造成者呵！……

我将八元钱拿在手里，仔细地呆看了一忽，似乎要看出它的魔力到底在什么地方藏着。本欲把它摔去不要了，可是逐客令既下，势不得不走；走而无路费，又要不知将受若何的蹂躏和痛苦；没法，只得含着泪将它放在袋里，为到 W 埠的路费。

我走了倒无甚要紧，但是玉梅的病将如何呢？我要走的消息，她晓得了么？倘若她晓得，又是如何地伤心，怕不又增加了病势？我俩的关系就如此了结了么？

玉梅妹呵！倘若我能到你的床沿，看一看你的病状，握一握你那病而瘦削的手，吻一吻你那病而颤动的唇，并且向你大哭一场，然后才离开你，才离开此地，则我的憾恨也许可以减少万分之一！但是，我现在离开你，连你的面都不能一见，何况接吻，握手，大哭……唉！玉梅妹呵！你为着我病，我的心也为你碎了，我的肠也为你断了！倘若所谓阴间世界是有的，我大约也是不能长久于人世，到九泉下我俩才填一填今生的恨壑罢！

　　这一夜的时间，维嘉先生，纵我不向你说，你也知道我是如何地难过。一夜过了，第二天清早我含着泪将行李打好，向众辞一辞行，于是就走出 H 城，在郊外寻一棵树底下坐一忽。我决定暂时不离开 H 城，一定要暗地打听玉梅的消息：倘若她的病好了，则我可以放心离开 H 城；倘若她真有不幸，则我也可以到她的墓地痛哭一番，以报答她生前爱我的情意。于是我找了一座破庙，做为临时的驻足地。到晚上我略改一改装，走向瑞福祥附近，看看动静，打听玉梅的消息。维嘉先生！谁知玉梅就在此时死了！棺材刚从大门口抬进去，念经的道士也请到了，刘家甚为忙碌。我本欲跑将进去，抱着玉梅的尸痛哭一番，但是，这件事情刘家能允许么？社会能答应么？唉！我只有哭，我只有回到破庙里独自一个人哭！

　　第三日我打听得玉梅埋在什么地方。日里我在野外采集了许多花草，将它们做成了一个花圈；晚上将花圈拿在手里，一个人孤悄悄地走向玉梅棺墓安置的地方来。明月已经升得很高了，它的柔光似觉故意照着伤心人抚着新坟哭。维嘉先生！我这一次的痛哭，与我从前在父母坟前的痛哭，对象虽然不一样，而悲哀的程度，则是一样的呵！我哭着哭着，不觉成了一首哀歌，——这一首哀歌一直到现在，每当花晨月夕，孤寂无聊的时候，我还不断地歌着：

　　　　前年秋风起兮我来时，
　　　　今年黄花开兮卿死去。
　　　　鸳鸯有意成双飞，
　　　　风雨无情故折翼。
　　　　吁嗟乎！玉梅妹！
　　　　你今死，
　　　　为何死？
　　　　江河有尽恨无底！

天涯漂泊我是一孤子,
妆阁深沉你是一淑女；
只因柔意怜穷途,
遂把温情将我许。
吁嗟乎！玉梅妹！
你今死,
为何死？
自伤身世痛哭你！

谨将草花几朵供灵前。
谨将热泪三升酬知己。
此别萍踪无定处,
他年何时来哭你？
吁嗟乎！玉梅妹！
你今死,
为何死？
月照新坟倍惨凄！

十三

巢湖为安徽之一大湖，由H城乘小火轮可直达W埠，需时不过一日。自从出了玉梅的家之后，我又陷于无地可归的状况。刘静斋替我写了一封介绍信，教我到W埠去；若我不照他的话做罢，则势必又要过乞儿的生活。无奈何，少不得要拿着信到W埠去走一趟。此外实没有路可走。

我坐在三等舱位——所谓烟篷下。坐客们——老的，少的，男的，女的，甚为拥挤；有的坐着打瞌睡，一声儿不响；有的晕船，呕吐起来了；有的含着烟袋，相对着东西南北地谈天。他们各人有各人的心思，各人有各人的境遇，但总没有比我再苦的，再不幸的罢。人群中的我，也就如这湖水上被秋风吹落的一片飘浮的落叶，落叶飘浮到什么地方，就是什么地方，我难道与它有两样的么？

这一天的风特别大，波浪掀涌得很高，船只歪摇着不静，我几乎也要呕吐起来。若是这一次的船被风浪打翻了，维嘉先生，则我现在可无机会来与你写这一封长信，我的漂泊的历史可要减少了一段；我也就要少尝些社会所赐给我的痛苦。但是，维嘉先生，这一次船终没被风浪所打翻，也就如我终未为恶社会所磨死；这是幸福呢，还是灾祸呢？维嘉先生！你将何以教我？

船抵岸了；时已万家灯火矣。W埠是我的陌生地，而且又很大，在晚上的确很难将刘静斋所介绍的洋货店找着，不得已权找一家小旅馆住一夜，第二日再打算。一个人孤寂寂地住在一间小房间内，明月从窗外偷窥，似觉侦察漂泊的少年有何种的举动。我想想父母的惨死，乞讨生活的痛苦，玉梅待我的真情，玉梅的忧伤致死，我此后又不知将如何度过命运。……我想起了一切，热泪又不禁从眼眶中涌出来了。我本不会饮酒，但此时没有解悲哀的方法，只有酒可以给我一时的慰藉；于是我叫茶房买半斤酒及一点饮酒的小菜，——我就沉沉地走入醉乡里去。

第二日清早将房钱付了，手提着小包儿，顺着大街，按着介绍信封面上所写的地址找；好在 W 埠有一条十里大街，一切大生意，大洋货店，都在这一个长街上，比较容易找着。没有两点钟，我即找到了我所要找到的洋货店——陶永泰祥字号。

这一家洋货店，在 W 埠算是很大的了；柜上所用的伙友很多。我也不知道那一个是主人，将信呈交到柜上，也不说别的话。一个三十几岁的矮胖子，从椅子上站起来，将信拆开看了一遍。维嘉先生！你知道这个看信的是谁？他是我将来的东家，他是洋货店的主人，他是你当学生会长那一年，要雇流氓暗杀学生，尤其要暗杀你的陶永清。维嘉先生！你还记不记得你从前当学生会长时代的生活呢？你知不知道现在提笔写长信给你的人，就是当年报告陶永清及其他商人要暗杀你们学生的人呢？说起往事来，维嘉先生！你或者也发生兴趣听呵！

陶永清问明我的身世，就将我留在柜上当二等小伙友。从此，我又在 W 埠过了两年的生活。这两年小伙友的生活，维嘉先生，没有详细告诉你的必要。总之，反正没有好的幸福到我的命运上来：一切伙友总是欺压我，把我不放在眼里，有事总摊我多做些；我忍着气，不愿与他们计较，但是我心里却甚为骄傲，把他们当成一群无知识的猪羊看待，虽然表面上也恭敬他们。

当时你在《皖江新潮》几几乎天天发表文章，专门提倡新文化，反对旧思想；我恰好爱看《皖江新潮》，尤其爱看你的文章，因之，你的名字就深印在我的脑际了。我总想找你谈话，但因为我们当伙友的一天忙到晚，简直没有点闲工夫；就是礼拜日，我们当伙友的也没有休息的机会；所以找你谈话一层，终成为不可能的妄想了。有几次我想写信请你到我们的店里来，可是也没有写；伙友伏在柜台上应注意买货的客人，招待照顾生意的顾主，那里有与他人谈话的机会？况且你当时的事情很忙，又加之是一个素不知名的我写信给你，当然是不会到我的店里来的。

一日，我因为有点事情没有做得好，大受东家及伙友们的责备，说我如何如何的不行；到晚上临睡的时候，我越想越生气，我越想越悲哀，不禁伏枕痛哭了一场。自叹一个无家的孤子，不得已寄人篱下，动不动就要受他人的呵责和欺侮，想来是何等的委屈！一天到晚替东家忙，替东家赚钱，自己不过得一个温饱而已；东家连一点同情心都没有，无异将我如牛马一般的看待，这是何等的不平呵！尤可恨的，有几个同事的伙友，不知道为什么，故意帮助东家说我的坏话，而完全置同事间的情谊完全于不顾。喂！卑贱！狗肺！没有良心！想得着东家的欢心，而图顾全饭碗么？唉！无耻……你们也如我一样呵！空替东家拼命地赚钱，空牛马似的效忠于东家！你们不受东家的虐待么？你们不受东家的剥削么？何苦与我这弱者为难呵？何苦，何苦……

这时我的愤火如火山也似的爆烈着，我的冤屈真是如太平洋的波浪鼓荡着，而找不出一个发泄的地方！翻来覆去，无论如何，总是睡不着。阶前的秋虫只是"唧唧"地叫，一声一声地真叫得我的肠寸寸断了。人当悲哀的时候，几几乎无论什么声音，都足以增加他悲哀的感度，何况当万木寥落时之秋虫的声音？普通人闻着秋虫的叫鸣，都要不禁发生感秋的心思，而况且我是人世间的被欺侮者么？此外又加着秋风时送落叶打着窗棂响；月光从窗棂射进来，一道一道地落在我的枕上；真是伤心的情景呵！反正是睡不着，我起来兀自一个人在阶前踱来踱去，心中的愁绪，就使你有锋利的宝剑也不能斩断。仰首看看明月，俯首顾顾自己的影子，觉着自己已经不立足在人间了，而被陷在无数万丈深的冰窟中。忽然一股秋风吹来，不禁打了一个寒战，又重行回到床上卧下。

这一夜受了寒，第二日即大病起来，一共病了五天。病时，东家只当没有什么事情的样子，除了恨少一个人做事外，其他什么请医生不请医生，不是他所愿注意的事情。可是我自己还知道点药方，——我勉强自己熬点生姜水，蒙着头发发汗，病也就慢慢好了。我满腔的愤气无处出，一夜我当夜深人静的时候，提笔写了一封信给你，诉一诉我的痛苦。这一封信大约是我忘了写自己的通信地址，不然，我为什么没接到你的覆信呢？维嘉先生！你到底接着了我的信没有？倘若你接到了我这一封信，你当时看过后就撕毁了，还是将它保存着呢？这件事情我倒很愿意知道。隔了这许多年，我自己也没曾料到我现在又写这一封长信给你；你当然是更不会料到的了。我现在提笔写这一封信时，又想起那一年写信给你的情形来：光阴迅速，人事变化无常，我又不禁发生无限的感慨了！

十四

维嘉先生！我想起那一年 W 埠学生抵制日货的时候，不禁有许多趣味的情形，重新回绕我的脑际。你们当时真是热心呵！天天派人到江边去查货，天天派人到商店来劝告不要卖东洋货，可以说是为国奔波，不辞劳苦。有一次我亲眼看见一个学生跪下来向我的东家陶永清磕头，并且磕得扑通扑通地响。当时我心中发生说不出的感想；可是我的东家只是似理不理的，似乎不表现一点儿同情。还有一次，一个学生——年纪不过十五六岁——来到我们的店里，要求东家不要再卖东洋货，说明东洋人如何如何地欺压中国人，中国人应当自己团结起来……我的东家只是不允：

"倘若你们学生能赔偿我的损失，能顾全我的生意，那我倒可以不卖东洋货，否则，我还是要卖，我没有法子。"

"你不是中国人吗？中国若亡了，中国人的性命都保不住，还说什么损失，生意不生意呢？我们的祖国快要亡了，我们大家都快要做亡国奴了！倘若我们再不起来，我们要受朝鲜人和安南人的痛苦了！先生！你也是中国人呵！……"

他说着说着，不觉哭起来了；我的东家不但不为所动，倒有点不耐烦的样子。我在旁边看着，恨不得要把陶永清打死！但是，我的力量弱，我怎么能够……

也难怪陶永清不能答应学生的要求。他开的是洋货店，店中的货物，日本货要占十分之六七；倘若不卖日本货，则岂不是要关门么？国总没有钱好，只要赚钱，那还问什么国不国，做亡国奴不做亡国奴？维嘉先生！有时我想商人为什么连点爱国心都没有，现在我才知道：因为爱钱，所以便没有爱国心了。

可是当时我的心境真是痛苦极了！天天在手中经过的差不多都是日本货，并且一定要卖日本货。既然做了洋货店的伙友，一切行动当然要受东家的支配，说不上什么意志自由。心里虽然恨东家之无爱国心，但是没有法子，只得厚着面皮卖东洋货；否则，饭碗就要发生问题了。或者当时你们学生骂我们当伙友的没有良心，不知爱国，……可是我敢向你说一句话，我当时的确是有良心，的确知道爱国。但是因为境遇的限制，我虽有良心，而表现不出来；虽知爱国，而不能做到。可是也就因此，我当时精神痛苦得很呵！

那一天，落着雨，街上泥浆甚深；不知为什么，你们学生决定此时游行示威。W埠的学生在这次大约都参加了，队伍拖延得甚长，队伍前头，有八个高大的学生，手里拿着斧头，见着东洋货的招牌就劈，我们店口的一块竖立的大招牌，上面写着"东西洋货零趸批发"，也就在这一次亡命了。劈招牌，对于商店是一件极不利的事情，可是我当时见着把招牌劈了，心中却暗暗地称快。我的东家脸只气得发紫，口中只是哼，但是因为学生人多势众，他也没有敢表示反抗，恐怕要吃眼前的亏。可是他恨学生可以说是到了极点了！

当晚他在我们店屋的楼上召集紧急会议，到者有几家洋货店的主人及商务会长。商务会长是广东人，听说从前他当过龟头，做过流氓；现在他却雄霸W埠，出入官场了。他穿着绿花缎的袍子，花边的裤子，就同戏台上唱小旦的差不多，我见着他就生气。可是因为他是商务会长，因为他是东家请来的，我是一个伙友，少不得也要拿烟倒茶给他吃。我担任了布置会场及伺候这一般混账东西的差使，因之，他们说些什么话，讨论些什么问题，我都听得清清楚楚地。首由陶永清起立，报告开会的宗旨：

"今天我把大家请来，也没有别的，就是我们现在要讨论一个对付学生的办法。学生欺压我们商人，真是到了极点！今天他们居然把我们的招牌也劈了；这还成个样子吗？若长此下去，我们还做什么买卖？学生得寸进尺，将来恐怕要把我们置到死地呢！我们一定要讨论一个自救的方法——"

"一定！一定！"

"学生闹得太不成个样子了！一定要想方法对付！"

"我们卖东洋货与否，与他们什么相干？天天与我们捣乱，真是可恨已极！"

"依永清你的办法怎样呢？"

"大家真都是义（？）愤填胸，不可向迩！"一个老头子只气得摸自己的胡子；小旦式的商务会长也乱叫"了不得"。陶永清看着大家都与他同意，于是便又接着严重地说：

"量小非君子，无毒不丈夫！学生对待我们的手段既然狠辣，那我们对于他们还有什么怜惜的必要？我们应采严厉的手段，给他们一个大吃亏，使他们敛一敛气——"

我听到这里，不禁打了一个寒战。心中想：怎么啦，这小子要取什么严厉的手段？莫不是要——不至于罢？难道这小子真能下这样惨无人道的毒手……

"俗话说得好，蛇无头不行；我们要先把几个学生领袖制伏住，其余的就不成问题了。学生闹来闹去，都不过是因为有几个学生领袖撑着；倘若没有了领袖，则学生运动自然消灭，我们也就可以安安稳稳地做生意了。依我的意思，可以直接雇几个流氓，将几个学生领袖除去——"

我真是要胆战了！学生运动抵制日货，完全是为着爱国，其罪何至于死？陶永清丧尽了良心，居然要雇流氓暗杀爱国的学生，真是罪不容诛呵！我心里打算，倘若我不救你们学生，谁还能救你们学生呢？这饭碗不要也罢，倒是救你们学生的性命要紧。我是一个人，我绝对要做人的事情。饿死又算什么呢？我一定去报告！

"你们莫要害怕，我敢担保无事！现在官厅方面也是恨学生达了极点，决不至于与我们有什么为难的地方！会长先生！但不知你的意见如何？"

唱小旦式的商务会长点头称是，众人见会长赞成这种意见，也就不发生异议。一忽儿大家就决定照着陶永清的主张办下去，并把这一件事情委托陶永清经理，而大家负责任。我的心里真是焦急得要命，只是为你们学生担心！等他们散会后，我即偷偷地叫了一辆人力车坐上，来到你的学校里找你；恰好你还未睡，我就把情事慌慌忙忙地告诉你；你听了我的话，大约是一惊非同小可，即刻去找人开会去了。话说完后，我也即时仍坐人力车回来，可是时候已晚，店门早关了；我叫了十几分钟才叫开。陶永清见了我，面色大变，严厉地问我到什么地方去了；我知道他已明白我干什么去了，就是瞒也瞒不住；但我还是随嘴说，我的表兄初从家乡来至W埠，我到旅馆看他，不料在他那儿多坐了一回，请东家原谅。他"哼"了几声，别的也没说什么话。第二天清早，陶永清即将我账算清，将我辞退了。

维嘉先生！我在W埠的生活史，又算告了一个终结。

十五

满天的乌云密布着，光明的太阳不知被遮蔽在什么地方，一点儿形迹也见不着。秋风在江边上吹，似觉更要寒些，一阵一阵地吹到漂泊人的身上，如同故意欺侮衣薄也似的。江中的波浪到秋天时，更掀涌得利害，澎湃声直足使伤心人胆战而心碎。风声，波浪声，加着轮船不时放出的汽笛声，及如蚂蚁一般的搬运夫的咳唷声，凑成悲壮而沉痛的音乐；倘若你是被欺侮者，倘若你是满腔悲愤者，你一定又要将你的哭声掺入这种音乐了。

这时有一个少年，手里提着一个小包袱，倚着等船的栏杆，向那水天连接的远处怅望。那远处并不是他家乡的所在地，他久已失去了家乡的方向；那远处也不是他所要去的地方，他的行踪比浮萍还要不定，如何能说要到什么地方去呢？那漠漠不清的远处，那云雾迷漫中的远处，只是他前程生活的象征，——谁能说那远处是些什么？谁能说他前程的生活是怎样呢？他想起自家的身世，不禁悲从中来，热泪又涔涔地流下，落在汹涌的波浪中，似觉也化了波浪，顺着大江东去。

这个少年是谁？这就是被陶永清辞退的我！

当陶永清将我辞退时，我连一句哀求话也没说，心中倒似觉很畅快也似的，私自庆幸自己脱离了牢笼。可是将包袱拿在手里，出了陶永清的店门之后，我不知道向那一方向走好。无目的地走向招商轮船码头来；在等船上踱来踱去，不知如何是好。兀自一个人倚着等船的栏杆痴望，但是望什么呢？我自己也说不出来。维嘉先生！此时的我直是如失巢的小鸟一样，心中有说不尽的悲哀呵！

父母在时曾对我说过，有一位表叔——祖姑母的儿子——在汉城X街开旅馆，听说生意还不错，因之就在汉城落户了。我倚着等船的栏杆，想来想去，只想不出到什么地方去是好；忽然这位在汉城开旅馆的表叔来到我的脑际。可是我只想起他的姓，至于他的名字叫什么，我就模糊地记不清楚了。

或者他现在还在汉城开旅馆，我不妨去找找他，或者能够把他找着。倘若他肯收留我，我或者替他管管账，唉，真不得已时，做一做茶房，也没什么要紧……茶房不是人做的吗？人到穷途，只得要勉强些儿了！

于是我决定去到汉城找我的表叔王——

喂！维嘉先生！我这一封信写得未免太长了！你恐怕有点不耐烦读下去了罢？好！我现在放简单些，请你莫要着急！

我到了汉城，费了九牛二虎之力，才把我的表叔找着。当时我寻找他的方法，是每到一个旅馆问主人姓什么，及是什么地方人氏，——这样，我也不知找了多少旅馆，结果，把我的表叔找着了。他听了我的诉告之后，似觉也很为我悲伤感叹，就将我收留下。可是账房先生已经是有的，不便因我而将他辞退，于是表叔就给我一个当茶房的差事。我本不愿意当茶房，但是，事到穷途，无路可走，也由不得我愿意不愿意了。

维嘉先生！倘若你住过旅馆，你就知道当茶房是一件如何下贱的勾当！当茶房就是当仆人！只要客人喊一声"茶房"，茶房就要恭恭敬敬地来到，小声低语地上问大人老爷或先生有什么吩咐。我做了两个月的茶房，想起来，真是羞辱得了不得！此后，我任着饿死，我也不干这下贱的勾当了！唉！简直是奴隶！……

一天，来了一个四十几岁的客人，态度像一个小官僚的样子，架子臭而不可闻。他把我喊到面前，叫我去替他叫条子——找一个姑娘来。这一回可把我难着了：我从没叫过条子，当然不知条子怎么叫法；要我去叫条子，岂不是一件难事么？

"先生！我不知条子怎样叫法，姑娘住在什么地方……"

"怎么！当茶房的不晓得条子怎样叫法，还当什么茶房呢！去！去！赶快去替我叫一个来！"

"先生！我着实不会叫。"

这一位混账的东西就拍桌骂起来了；我的表叔——东家——听着了，忙来问什么事情，为着顾全客人的面子，遂把我当茶房的指斥一顿。我心中真是气闷极了！倘若东家不是我的表叔，我一定忍不下去，决要与他理论一下。可是他是我的表叔，我又是处于被压迫的地位的，那有理是我可以讲的……

无论如何，我不愿意再当茶房了！还是去讨饭好！还是饿死也不要紧……这种下贱的勾当还是人干的吗？我汪中虽穷，但我还有骨头，我还有人格，那能长此做这种羞辱的事情！不干了！不干了！决意不干了！

我于是向我的表叔辞去茶房的职务；我的表叔见我这种乖僻而孤傲的性情，恐怕于自己的生意有碍。也就不十分强留我。恰好这时期英国在汉城的T纱厂招工，我于是就应招而为纱厂的工人了。维嘉先生！你莫要以为我是一个知识阶级，是一个文明的书生！不，我久已是一个工人了。维嘉先生！可惜你我现在不是对面谈话，不然，你倒可以看看我的手，看看我的衣服，看看我的态度，像一个工人还是像一个知识阶级中的人。我的一切，我所有的一切，都是工人的样儿……

T纱厂是英国人办的，以资本家而又兼着民族的压迫者，其虐待我们中国工人之厉害，不言可知。我现在不愿意将洋资本家虐待工人的情形一一告诉你，因为这非一两言所能尽；并且我的这一封信太长了，若多说，不知什么时候才能结束；所以我就把我当工人时代的生活简略了。将来我有工夫时，可以写一本"洋资本家虐待工人的纪实"给你看看，现在我暂且不说罢。

十六

江水呜咽,
江风怒号:
可怜工人颈上血,
染红军阀手中刀!
我今徘徊死难地,
恨迢迢,
热泪涌波涛。
　　　　——《江岸》

喂!说起来去年江岸的事情,我到如今心犹发痛!

当吴大军阀掌权的时候,维嘉先生,你当然记得:他屠杀了多少无罪无辜的工人呵!险矣哉,我几乎把命送了!本来我们工人的性命比起大人老爷先生的,当然要卑贱得多;但是,我们工人始终是属于人类罢,难道我们工人就可以随便乱杀得么?唉!还有什么理讲……从那一年残杀的事起后,我感觉得工人的生存权是没有保障的,说不定什么时候,要如鸡鸭牛豕一般地受宰割。

当时京汉全路的工人,因受军阀官僚的压迫,大罢工起来了。我这时刚好在T纱厂被开除出来。洋资本家虐待中国工人,维嘉先生,我已经说过,简直不堪言状!工资低得连生活都几几乎维持不住,工作的时间更长得厉害——超过十二钟头。我初进厂的时候,因为初赌气自旅馆出来,才找得一个饭碗,也还愿意忍耐些;可是过了些时日之后,我无论如何,是再不能忍耐下去了。我于是就想方法,暗地里在工人间鼓吹要求增加工资,减少工作时间……因为厂中监视得很厉害,我未敢急躁,只是慢慢地向每一个人单独鼓吹。有一些工人怕事,听我的说话,不敢加以可否,虽然他们心中是很赞成的;有一些工人的确是被我说动了。不知是为着何故，我的这种行动被厂主察觉了，于是就糊里糊涂地将我开除，并未说出什么原故。一般工友们没有什么知识，见着我被开除了，也不响一声，当时我真气得要命！我想运动他们罢工，但是没有机会：在厂外运动厂内工人罢工，是一件不容易的事情。

我与江岸铁路分工会的一个办事人认识。这时因在罢工期间，铁路工会的事务很忙，我于是因这位朋友的介绍，充当工会里的一个跑腿——送送信，办办杂务。我很高兴，一方面饭碗问题解决了，胜于那在旅馆里当茶房十倍；一方面同一些热心的工友们共事，大家都是赤裸裸的，没有什么权利的争夺，虽然事务忙些，但总觉得精神不受痛苦。不过我现在还有歉于心的，就是当时因为我的职务不重要，军阀没有把我枪毙，而活活地看着许多工友们殉难！想起他们那时殉难的情形，维嘉先生，我又不禁悲忿而战栗了！

我还记得罢工第三日，各工团派代表数百人，手中拿着旗帜，群来江岸慰问，于是在江岸举行慰问大会，我那时是布置会场的一个人。首由京汉铁路总工会会长报告招待慰问代表的盛意，并将此次大罢工的意义和希望述说一番。相继演说的有数十人，有痛哭者，有愤懑者，其激昂悲壮的态度，实可动天地而泣鬼神。维嘉先生！倘若你在场时，就使你不憎恶军阀，但至此时恐怕也要向被压迫的工人洒一掬同情之泪了。最后总工会秘书李振英一篇的演说，更深印在我的脑际，鼓荡着在我的耳膜里：

"亲爱的同志们！我们此次的大罢工，为我国劳动阶级运命之一大关键。我们不是争工资争时间，我们是争自由争人权！倘若我们再不起来奋斗，再不起来反抗，则我们将永远受不着人的待遇。我们是自由和中国人民利益的保护者，但是，我们连点儿集会的自由都没有。……麻木不仁的社会早就需要我们的赤血来濡染了！工友们！在打倒军阀的火线上，我们应该去做勇敢的先锋队。只有前进呵！勿退却呵！"

李君演说了之后，大家高呼"京汉铁路总工会万岁！中国劳动阶级解放万岁！全世界劳动者联合起来呵"一些口号，声如雷动，悲壮已极！维嘉先生！我在此时真是用尽吃奶的力气喊叫，连嗓子都喊叫得哑了。后来我们大队游行的时候，我只听着人家喊叫什么打倒军阀，劳动解放……而我自己喊叫不出来，真是有点发急。这一次的游行虽然经过租界，但总算是平安地过去了。

但又谁知我们群众游行的时候，即督军代表与洋资本家在租界大开会议，准备空前大屠杀的时候!

萧大军阀派他的参谋长(张什么东西,我记不清楚了)虚诈地来与我们工会接洽,意欲探得负责任人的真相,好施行一网打尽的毒手。二月七日,总工会代表正欲赴会与张某开谈判,时近五点多钟,中途忽闻枪声大作,于是江岸流血的惨剧开幕了!张某亲自戎装指挥,将会所包围,开枪环击。可怜数百工友此时正在会所门口等候消息,躲避不及;又都赤手空拳,无从抵御!于是被乱枪和马刀击死者有三四十人,残伤者二百余人。呜呼,惨矣!

我闻着枪声,本欲躲避,不料未躲避及,就被一个凶狠的兵士把我捉住了。被捉的工友有六十人,江岸分会正执行委员长林祥谦君也在内。我们大家都被缚在电杆上,忍受一些狼心狗肺的兵士们的毒打,——我身上有几处的伤痕至今还在!这时天已经很黑了。张某——萧大军阀的参谋长——亲自提灯寻找林祥谦君。张某将林君找着了,即命刽子手割去绳索,迫令林君下"上工"的命令,林君很严厉地不允。张乃命刽子手先砍一刀,然后再问道:

"上不上工?"

"不上!绝对不上!"

这时林君毫不现出一点惧色,反更觉得有一种坚决的反抗的精神。我在远处望着,我的牙只恨得答答地响,肺都气得炸了!唉!好狠心的野兽!……只见张某又命砍一刀,怒声喝道:

"到底下不下命令上工?"

这时张某的颜色——我实在也形容不出来——表现出世间最恶狠的结晶,最凶暴的一切!我这时神经已经失去知觉了,只觉得我们被围在一群恶兽里,任凭这一群恶兽乱吞胡咬,莫可如何。我也没有工夫怜惜林君的受砍,反觉得在恶兽的包围中,这受砍是避不了的命运。林君接着忍痛大呼道:

"上工要总工会下命令的!今天既是这样,我们的头可断,工是不可上的!不上工!不上……工!"

张某复命砍一刀,鲜血溅地,红光飞闪,林君遂晕倒了。移时醒来,张某复对之狞笑道:

"现在怎样?"

这时我想将刽子手的刀夺过来,把这一群无人性的恶兽,杀得一个不留,好为天地间吐一吐正气!但是,我身在缚着,我不能转动……又只见林君切齿，但声音已经很低了，骂道：

"现在还有什么可说！可怜一个好好的中国，就断送在你们这般混账王八蛋的军阀走狗手里！"

张某等听了大怒，未待林君话完，立命枭首示众。于是，于是一个轰轰烈烈的林祥谦君就此慷慨成仁了！这时我的灵魂似觉茫茫昏昏地也追随着林君而去。

林君死后，他的一个六十多岁的老父及他的妻子到车站来收殓，张某不许，并说了许多威吓话。林老头儿回家拿一把斧头跑来，对张某说道：

"如不许收尸，定以老命拼你！"

张某见如此情况，才不敢再行阻拦。这时天已夜半了，我因为受绳索的捆绑，满身痛得不堪言状，又加着又气又恨，神经已弄到毫无知觉的地步。

第二日醒来，我已被囚在牢狱里。两脚上了镣，两手还是用绳捆着。仔细一看，与我附近有几个被囚着的，是我工会中的同事；他们的状况同我一样，但静悄悄地低着头在那里落泪呢。

十七

　　牢狱中的光阴，真是容易过去。我初进牢狱的时候，脚镣，手铐，臭虫，虱子，污秽的空气，禁卒的打骂……一切行动的不自由，真是难受极了！可是慢慢地慢慢地也就成为习惯了，不觉着有什么大的苦楚。就如臭虫和虱子两件东西，我起初以为我不被禁卒打死，也要被它们咬死；可是结果它们咬只管咬我，而我还是活着，还是不至于被咬死。我何尝不希望它们赶快地给我结果了性命，免得多受非人的痛苦。但是，这种希望可惜终没有实现呵！

　　工会中的同事李进才恰好与我因在一起。我与他在工会时，因为事忙，并没有谈多少话，可是现在倒有多谈话的机会了。他是一个勇敢而忠实的铁路工人，据他说，他在铁路上工作已经有六七年了。我俩的脾气很合得来，天天谈东谈西——反正没有事情做——倒觉也没甚寂寞。我俩在牢狱中的确是互相慰藉的伴侣，我倘若没有他，维嘉先生，我或者久已寂寞死在牢狱中了。他时常说出一些很精辟的话来，我听了很起佩服他的心思。有一次他说：

　　"我们现在因在牢狱里，有些人或者可怜我们；有些人或者说我们愚蠢自讨罪受；或者有些人更说些别的话……其实我们的可怜，并不自我们入了牢狱始。我们当未入牢狱的时候，天天如蚂蚁般地劳作，汗珠子如雨也似地淋，而所得的报酬，不过是些微的工资，有时更受辱骂，较之现在，可怜的程度又差在那里呢？我想，一些与我们同一命运的人们，就假使他们现在不像你我一样坐在这污秽阴凄的牢狱里，而他们的生活又何尝不在黑暗的地狱中度过！汪中！反正我们穷人，在现代的社会里，没有快活的时候！在牢狱内也罢，在牢狱外也罢，我们的生活总是牢狱式的生活……

　　"至于说我们是愚蠢，是自讨罪受，这简直是不明白我们！汪中！我不晓得你怎样想；但我想，我现在因反抗而被囚在牢狱内，的确是一件很光荣的事情！我现在虽然囚在牢狱内，但我并不懊悔，并不承认自己和行动是愚蠢的。我想，一个人总要有点骨格，决不应如牛猪一般的驯服，随便受人家鞭打驱使，而不敢说半句硬话。我李进才没有什么别的好处，唯我的浑身骨头是硬的，你越欺压我，我越反抗。我想，与其卑怯地受苦，不如轰烈地拼它一下，也落得一个痛快。你看，林祥谦真是汉子！他至死不屈。他到临死时，还要说几句硬话，还要骂张某几句，这真是够种！可惜我李进才没被砍死，而现在囚在这牢狱里，死不死，活不活，讨厌……"

　　李进才的话，真是有许多令我不能忘却的地方。他对我说，倘若他能出狱时，一定还要做从前的勾当，一定要革命，一定要把现社会打破出出气。我相信他的话是真的，他真有革命的精神！今年四月间我与他一同出了狱。出狱后，他向 C 城铁路工会找朋友去了，我就到上海来了。我们俩本约定时常通信的，可是他现在还没有信给我。我很不放心，听说 C 城新近捕拿了许多鼓动罢工的过激派，并枪毙了六七个，——这六七个之中，说不定有李进才在内，倘若他真被枪毙了，在他自己固然是没有什么，可是我这一个与他共患难的朋友，将何以为情呢！

　　李进才并不是一个无柔情的人。有一次，我俩谈到自身的家世，他不禁也哭了。

　　"别的也没有什么可使我系念的，除开我的一个贫苦的家庭。我家里还有三口人——母亲，弟弟，和我的女人。母亲今年已经七十二岁了。不久我接着我弟弟的信说，母亲天天要我回去，有时想我的很，使整天地哭；她说，她自己知道快不久于人世了，倘若我不早回去，恐怕连面也见不着了。汪中！我何尝不想回去见一见我那白发苍苍，老态龙钟的，可怜的母亲！但是，现在我囚在牢狱里，能够回去么？幸亏我家离此有三百多里路之遥，不然，她听见我被捕在牢狱内，说不定要一气哭死了。

　　"弟弟年纪才二十多岁，我不在家，一家的生计都靠着他。他一个人耕着几亩地，天天水来泥去，我想起来，心真不安！去年因为天旱，收成不大好，缴不起课租，他被地主痛打了一顿，几几乎把腿都打断了！唉！汪中！反正穷人的骨肉是不值钱的……

　　"说起我的女人，喂，她也实在可怜！她是一个极忠顺的女子。我与她结婚才满六个月，我就出门来了；我中间虽回去一两次，但在家总未住久。汪中！我何尝不想在家多住几天，享受点夫妻的乐趣？况且我又很爱我的女人，我女人爱我又更不待言呢！但是，汪中你要晓得，我不能在家长住，我要挣几个钱养家，帮助帮助我的弟弟。我们没有钱多租人家田地耕种，所以我在家没事做，只好出来做工，——到现在做工的生活，算起来已经八九年了。这八九年的光阴，我的忠顺的女人只是在家空守着，劳苦着……汪中！人孰无情？想起来，我又不得不为我可怜的女人流泪了！"

李进才说着说着，只是流泪，这泪潮又涌动了无家室之累，一个孤零漂泊的我。我这时已无心再听李进才的诉说了，昏昏地忽然瞥见一座荒颓的野墓，——这的确是我的惨死的父母之合葬的墓！荒草很乱杂地丛生着，墓前连点儿纸钱灰也没有，大约从未经人祭扫过。墓旁不远，静立着几株白杨，萧条的枝上，时有几声寒鸦的哀鸣。我不禁哭了！

我的可怜的爸爸，可怜的妈妈！你俩的一个漂泊的儿子，现在犯罪了，两脚钉着脚镣，两手圈着手铐，站立在你俩的墓前。实只望为你俩伸冤，为你俩报仇，又谁知到现在呵，空漂泊了许多年，空受了许多人世间的痛苦，空忍着社会的虐待！你俩看一看我现在的这般模样！你俩被恶社会虐待死了，你俩的儿子又说不定什么时候被虐待死呢！唉！爸爸，妈妈！你俩的墓草连天，你俩的儿子空有这慷慨的心愿……

一转眼，我父母的墓已经变了，——这不是我父母的墓了；这是——呵！这是玉梅的墓。当年我亲手编成的花圈，还在墓前放着；当年我所痛流的血泪，似觉斑斑点点地，如露珠一般，还在这已经生出的草丛中闪亮着。

"哎哟！我的玉梅呀！……"

李进才见着我这般就同发疯的样子，连忙就问道：

"汪中！汪中！你，你怎么啦？"

李进才将我问醒了。

十八

时间真是快极了！出了狱来到上海，不觉又忽忽地过了五六个月。现在我又要到广东入黄埔军官学校去，预备在疆场上战死。我几经忧患余生，死之于我，已经不算什么一回事了。倘若我能拿着枪将敌人打死几个，将人类中的蟊贼多铲除几个，倒也了却我平生的愿望。维嘉先生！我并不是故意地怀着一腔暴徒的思想，我并不是生来就这样地倔强；只因这恶社会逼得我没有法子，一定要我的命，——我父母的命已经被恶社会要去了，我绝对不愿意再驯服地将自己的命献于恶社会！并且我还有一种痴想，就是：我的爱人刘玉梅为我而死了，实际上是恶社会害死了她。我承了她无限的恩情，而没有什么报答她；倘若我能努力在公道的战场上做一个武士，在与黑暗奋斗的场合中我能不怕死做一位好汉，这或者也是一个报答她的方法。她在阴灵中见着我是一个很强烈的英雄，或者要私自暗笑，自以为没曾错爱了我……

今天下午就要开船了。我本想再将我在上海五六个月的经过向你说一说，不过现在因时间的限制，不能详细，只得简单地说几件事情罢：

到上海不久，我就到小沙渡F纱厂工会办事，适遇这时工人因忍受不了洋资本家的虐待，实行罢工；巡捕房派巡捕把工会封闭，将会长C君捉住，而我幸而只挨受红头阿三几下哭丧棒，没有被关到巡捕房里去。我在街上一见着红头阿三手里的哭丧棒，总感觉得上面萃集着印度的悲哀与中国的羞辱。

有一次我在大马路上电车，适遇一对衣服漂亮的年少的外国夫妇站在我的前面；我叫他俩让一让，可是那个外国男子回头竖着眼，不问原由就推我一下，我气得要命，于是我就对着他的胸口一拳，几几乎把他打倒了；他看着我很不像一个卑怯而好屈服的人，于是也就气忿忿地看我几眼算了。我这时也说了一句外国话：You are savage animal[1]；这是一个朋友教给我的，对不对，我也不晓得。一些旁观的中国人，见着我这个模样，有的似觉很惊异，有的也表示出很同情的样子。

有一次我想到先施公司去买点东西，可是进去走了几个来回，望一望价钱，没有一件东西是我穷小子可以买得起的。看店的巡捕看我穿得不像个样，老在走来走去，一点东西也不买，于是疑心我是扒手，把我赶出来了。我气得没法，只得出来。心里又转而一想，这里只合老爷，少爷，太太和小姐来，穷小子是没有分的，谁叫你来自讨没趣——

呵！维嘉先生！对不起，不能多写了，——朋友来催我上船，我现在要整理行装了。我这一封信虽足足写了四五天，但还有许多意思没有说。维嘉先生！他日有机会时再谈罢。

再会！再会！

汪中，十三年十月于沪上旅次

---

[1] 你是个野蛮的动物。

维嘉的附语

去年十月间接着这封长信，读了之后，喜出望外！窃幸在现在这种萎靡不振的群众中，居然有这样一个百折不挠的青年。我尤以为幸的，这样一个勇敢的青年，居然注意到我这个不合时宜的诗人，居然给我写了这一封长信。我文学的天才虽薄弱，但有了这一封信为奖励品，我也不得不更发奋努力了。

自从接了这一封信之后，我的脑海中总盘旋着一个可歌可泣，可佩可敬的汪中，因之，天天盼望他再写信给我。可是总没有消息，——这是一件使我最着急而引以为不安的事情！

今年八月里我从北京回上海来，在津浦车中认识了一位L君。L君为陕西人，年方二十多岁，颇有军人的气概，但待人的态度却和蔼可亲，在说话中，我得知他是黄埔军官学校的学生，于是我就问他黄埔军官学校的情形及打倒陈炯明，刘震寰等的经过。他很乐意地前前后后向我述说，我听着很有趣。最后我问他，黄埔军官学校有没有汪中这个学生？他很惊异地反问我道：

"你怎么知道汪中呢？你与他认识么？"

"我虽然不认识他，但我与他是朋友，并且是交谊极深的朋友！"

我于是将汪中写信给我的事情向他说了一遍。L君听了我的话后，叹了口气，说道：

"提起了汪中来，我心里有点发痛。他与我是极好的朋友，我俩是同阵入军官学校的，——但是，他现在已经死了！"

我听了"已经死了"几个字，悲哀忽然飞来，禁不住涔涔地流下了泪。唉！人间虽大，但何处招魂呢？我只盼望他写信给我，又谁知他，他已经死了……

"我想起来他临死的情状，我悲哀与敬佩的两种心不禁同时发作了。攻惠州城的时候，你先生在报纸上大约看见了罢，我们军官学校学生硬拼着命向前冲，而汪中就是不怕死的一个人。我与他离不多远，他打仗的情况我都看得清清楚楚地。他的确是英雄！在枪林弹雨之中，他毫没有一点惧色，并大声争呼：'杀贼呀！杀贼呀！前进呀！……'我向你说老实话，我真被他鼓励了不少！但是枪弹是无灵性的，汪中在呼喊'打倒军阀，打倒帝国主义'的声中，忽然被敌人的飞弹打倒了，——于是汪中，汪中永远地离我们而去……"

L君说着说着，悲不可仰。我在这时也不知说什么话好。这时已至深夜，明月一轮高悬在天空，将它的洁白的光放射在车窗内来。火车的轮轴只是轰隆轰隆地响，好像在呼喊着：

光荣！光荣！无上的光荣！……

短裤党

写在本书的前面

法国大革命时，有一群极左的，同时也就是最穷的革命党人，名为"短裤党"（Des Sans-culottes）。本书是描写上海穷革命党人的生活的，我想不到别的适当的名称，只得借用这"短裤党"三个字。

花了半个月的工夫，写成了这一本小书。当写的时候，我为一股热情所鼓动着，几乎忘记了自己是在做小说。写完了之后，自己读了两遍，觉得有许多地方很缺乏所谓"小说味"，当免不了粗糙之讥。不过本书是中国革命史上的一个证据，就是有点粗糙的地方，可是也自有其相当的意义。

我真感谢我的时代！它该给与了我许多可歌可泣的材料！可惜我的文学天才是很薄弱的，我不能将它所给予我的统统都好好地表现出来。我现在努力完成我的时代所给予我的任务。我能不能完成这个任务呢？这要看我努力得如何罢？……

当此社会斗争最剧烈的时候，我且把我的一支秃笔当做我的武器，在后边跟着短裤党一道儿前进。

1927 年 4 月 3 日于上海

第一章

　　接连阴雨了数天，一个庞大的上海完全被沉郁的，令人不爽的空气所笼罩着。天上的阴云忽而由乌暗变为苍白，现出一点儿笑颜，如丝的小雨一时地因之停止；忽而又摆出乌暗的面孔小雨又顿时丝丝地下将起来。在这种沉郁的空气里，人们的呼吸都不舒畅，都感觉有一种什么压迫在胸坎上也似的。大家都渴望着可爱的阳光出现，换一换空气，消灭精神上无形的压迫；但是可爱的阳光，令人渴望的阳光，总在什么地方藏着身子而不给人们看着它的面孔。这是因为阳光的胆怯呢，还是因为可恶的阴云把它障碍着了？唉！真是活闷人！……已经应该是春回大地，万象更新，和风令人活泼沉醉的时期，而天气还是这般闷人，还是如酷寒的，无生气的冬季一样。唉！真是有点活闷人！

　　同时，整个的上海完全陷入反动的潮流里。黑暗势力的铁蹄，只踏得居民如在地狱中过生活，简直难于呼吸，比沉郁的空气更要闷得人头昏脑痛！大家都私下地咒骂着：千刀万剐的沈船舫为什么还不死！米价闹得这么样地贵！这样捐，那样捐。唉！简直把小百姓的血液都吸尽了！真是万恶的东西呵！……大家都热烈地盼望着：北伐军为什么还不来呢？快些来才好！快些来把沈船舫捉到，好救救上海小百姓的命！这外国人真可恶！北伐军来，一定要教他们滚蛋！呵，快点来罢，我的天王爷！大家都战兢兢地恐慌着。不得了了！外国人又派来许多兵舰打中国人呢！大英国人最可恶……张仲长的兵队南下了！唉！这真是活要命！他的兵队奸掠焚杀无所不为，比强盗还要凶，要来了，真是活要上海人的命！唉！不得了，简直不得了！……报纸的记载总都是隐隐约约的，令人揣摸不清。战事到底怎样了呢？北伐军来不来呢？浙江是否打下了？大家总是要知道这些，但是在严厉的检查之下，报纸敢放一个不利于军阀和帝国主义者的屁么？不敢，绝对地不敢！

　　如此，沉郁的天气闷煞人，反动的政治的空气更闷煞人！唉！要闷煞上海人！……

无数万万身被几层压迫的，被人鄙弃的工人——在杨树浦的纱厂里，在闸北的丝厂里，铁厂里，……在一切污秽的不洁的机器室里，或在风吹雨打的露天地里，他们因工作忙的原故，或者不感觉到天气的闷人，或者有所感觉，但无工夫注意这个，——肚子问题都解决不了，还能谈到什么天气不天气呢？被军警随便捉去就当小鸡一般地杀头，被工头大班随便毒打辱骂，性命都保不安全，还能谈到什么天气不天气呢？什么结社，言论，开会，对于学生，对于商人，对于一切有钱的人，或者有点自由；但对于工人……呵！对于工人，这简直是禁律！工人是过激党！工人是无知识的暴徒！可以枪毙！杀头！唉！可怜的工人为着争一点人的权力，几乎都没有工夫，还能谈到什么天气不天气呢？是的！工人的确问不到这个！

但是对于政治反动的空气，工人比任何阶级都感觉得深刻些！沈船舫好杀人，但杀的多半是工人！军警好蹂躏百姓，但蹂躏的多半是工人！拉夫是最野蛮的事情，但被拉的多半是工人！红头阿三手中的哭丧棒好打人，但被打的多半是工人！米价高了，饿死的是谁？终日劳苦，而食不饱衣不暖的是谁？工资是这样地低！所受的待遇是这样地坏！行动是这样地不自由！唉！工人不奋斗，只有死路一条！……在政治反动的潮流中，在黑暗势力的高压下，上海无数万万的劳苦群众，更天天诅咒着万恶的军阀早消灭，野蛮的帝国主义早打倒；更热烈地盼望着革命军，真正的革命军快些来。不，他们不但盼望着革命军快些来，而且要自己为自己开路，——他们大半有觉悟地，或是无觉悟地，要拿到政权，要自己解放自己，要组织一个能为工人谋利益的政府，要以自己的力量来争夺到自己所应有的东西。

在黑暗的上海，在资产阶级的上海，在军阀和帝国主义统治之下的上海，有一般穷革命党人在秘密地工作，——他们不知道劳苦，困难，危险，势力，名誉……是什么东西，而只日夜地工作，努力引导无数万万被压迫的，被人鄙弃的劳苦群众走向那光明的，正义的，公道的地方去。……

风声陡然紧急起来了。沪杭车站不断地发现从前线运回来的伤兵，有时大批的溃兵竟发现于中国地界，不断地有抢劫的事情。南市，闸北一带的居民颇呈恐慌的现象，移居到租界住的络绎不绝。本地军事当局颁下了紧急的戒严令，下午九时起即断绝交通。整个的上海完全陷入恐慌的状态中。

北伐军占领杭州了！北伐军又占领绍兴了！呵！北伐军已经到了松江了！……租界内的中小商人都呈现着喜悦的颜色，但是中国界的居民却反为之惊慌起来：北伐军来了固然好，但是这沈船舫的败兵怎么办呢？抢劫！骚扰！这怎么能免掉呢？不得了，简直不得了！……只有劳苦的工人，受冻馁的平民，他们无论住在租界内或租界外，总都盼望北伐军快些到来，就如大旱之望云霓一样。呵！北伐军到了松江了？这岂不是说沈船舫已经打败了么？这岂不是说上海也要快入北伐军的手了？这岂不是说上海的工人也有伸腰的机会了？是的，这真是上海的工人要脱离压迫，换一换气的时候了！呵！好重的压迫！压迫得人连气都透不出来！

阴云漫布着黑的阴影，未到五点钟的时光，全城都黑沉下来，路灯已半明半暗地亮了。就在这个时候，在大众恐慌的空气中，T路W里S号一楼一底的房子里有秘密的集会。房子里布置很简单：客堂中放着一张空桌子，两条凳子；楼上放着一张小床，一张旧书桌，几件零碎东西。等到人到齐的时候，有三十余人之谱，这一间楼几乎要挤破了，再没有容足之地。有的站着，有的坐在地板上，秩序似乎是很纷乱的样子，不十分像开会的形式。普通是没有这样开会的，总是大家一排一排地坐着，上边摆一主席的桌位，右边或左边摆一记录的桌位；但是现在这间集会室里，坐的凳子都没有，与会的人不是站着如树一样，就是坐在地板上，简直没有开会的体统。不过这些与会的人没有想到这些，他们以为能找到一个地方开会已经是万幸了，那有闲心思顾到什么体统不体统呢？是的，他们只要有一个集会的地方，任受如何委屈都可以。上海可以开会地方多着呢：宁波同乡会，中央大会堂，少年宣讲团以及各大学校的礼堂和教室，都是很便于开会的，但是他们都不是为着这些穷革命党人而设的。……

会场是这般地狭小，人数是这般地众多，而大家说话的声浪却都甚低微，——没有一个人敢高谈阔论的，大家都勉力地把声浪放低些，生怕屋外有人听着的样子。谁个晓得隔壁两旁住的没有侦探？倘若被巡捕觉察了看怎么办呢？一条绳把大家如猪一般地拴去，可以使一切的计划完全失败，这，这万万是不可以的呵！是的，大家应当小心点！

人数是到齐了。靠着墙，坐在地板上的一个胡子小老头站起来了，——他身着学生装，披一件旧大氅，中等的身材，看起来是有四十多岁的样子，其实他还不到三十岁,因为蓄了胡子的原故,加了不少的年纪;他两目炯炯有光,一望而知道他是一个很勇敢的人。他从大氅袋中掏出了一张小纸条,首先向大众郑重地说道:

"同志们!今天的紧急会议要讨论一个重大的问题,就是北伐军已到了松江了,说不定明天或后天就要到上海的,究竟我们的党和全上海的工人现在应当做什么?我们还是坐着不动静等着北伐军来呢,还是预备响应北伐军呢?上海的工人受沈船舫李普璋的压迫,可以算是到了极点了!当此北伐军快要来到的时候,我们应当有所动作,好教帝国主义的走狗沈船舫李普璋快些滚蛋。今天请诸位同志好好地发表意见,因为这件事情是很重大的事情,不可儿戏。

"史兆炎同志还有详细的报告,现在请史兆炎同志报告。"

主席说了这些话,略挪了两步,好教坐在他旁边的史兆炎立起来。这是一位面色黄白的,二十几岁的青年,他头戴着鸭嘴的便帽,身穿着一件蓝布的棉袍,立起身来,右手将帽子取下,正欲发言时,忽然腰弯起来,很厉害地咳嗽了几声。等到咳嗽停住了,他直起身子时,两眼已流了泪水。他镇定了一下,遂低微地向大家说道:

"诸位同志!刚才林鹤生同志已经把今天紧急会议的意义说清楚了,谅大家都能够了解是什么一回事。上海的市民,尤其是上海的工人群众,没有一刻不希望北伐军来。现在北伐军已到了松江了,我们是应当欢喜的。不过工人的解放是工人自己的事情,倘若工人自己不动手,自己不努力,此外什么人都是靠不住的。北伐军固然比什么直鲁军,什么讨贼联军好得许多倍,但是我们工人绝对不可仅抱着依赖的观念,以为北伐军是万能的东西!这是绝对不可以的!……"

史兆炎于是有条有理地解释上海各社会阶层的关系及工人阶级的使命。他说,上海的中小资产阶级虽然不能说一点儿革命性都没有,但是他们无组织,他们是怯懦的,上海的工人应当起来为国民革命的领导者。他说,国民党的农工政策时有右倾的危险,我们应当督促上海市民组织市政府,实现革命的民主政治。他说,我们应当响应北伐军,我们应当向军阀和帝国主义,并向北伐军表示一表示上海工人的力量。他的结论是:

"诸位同志!我们应当响应北伐军!我们应当宣布总同盟大罢工,我们应当积极预备武装暴动!这是上海工人所不能避免的一条路!……"

奇怪的很！史兆炎当说话的时候，没曾咳嗽一声，可是说话刚一停止，便连声咳嗽起来。他又弯着腰向地板坐下了。大家听了他的报告之后，脸上都表现出同意的神情。大家的目光都聚集在他一个人的身上，会议室里寂静了两分钟。这时窗外忽然沙沙地雨下大起来，天气更黑沉下去，于是不得不将电灯扭着。在不明的电灯光底下，会议室内的景象似觉稍变了异样。

"史兆炎同志的报告已经完了；你们有什么意见，请放简单些，快快发表出来！"

主席刚说完了这两句话，忽然坐在右边角上的一个穿着工人装模样的站将起来，——大家向他一看，原来是 S 纱厂的支部书记李金贵。李金贵在自己很黑的面色上，表现出很兴奋的神情。他说道：

"刚才史兆炎同志的意见，我以为完全是对的！我老早就忍不住了！我老早想到：我们工人天天受这样的压迫，简直不是人过的日子，不如拼死了还快活些！我老早就提议说，我们要暴动一下才好，无奈大家都不以为然。我们厂里的工友们是很革命的，只要总工会下一个命令，我保管即时就动起来。我们这一次非干它一下子不可！"

李金贵的话简直如铁一般地爽硬。在他的简单的，朴直的语句中，隐含着无限的真理，悲愤，勇敢，热情……大家的情绪都为之鼓动而兴奋起来了。每一个人都明白了：是的，现在是时机到了！我们现在不动作还等待何时？真的，像这样地消沉下去，真是不如拼他一个死活！况且沈船舫李普璋已经到了日暮途穷的时候，就是再挣扎也没大花样出来。干！干！干！我们将他们送到老家去……现在不干，还等待何时呢？全上海的工人都是我们的！……

真的，李金贵的几句话把大家鼓动得兴奋起来了。于是大家相继发言，我一句，你一句；有的问，动作是不成问题的，但应当怎么样进行呢？有的问，各工会都能够一致动作么？有的问，军事的情形是怎样呢？……坐在地板上的史兆炎一条一条地将大家所发的问题用铅笔在小纸本上记下，预备好一条一条地回答。

"还有什么问题么？没有了？现在请史兆炎同志做个总解答。"主席说。

肺病的史兆炎又从地板上站立起来了。他这一次没脱帽子，手拿着记着问题的小纸本，一条一条地回答。他说着说着，忽然很厉害地咳嗽起来了。唉！好讨厌的咳嗽！唉！万恶的肺病！他这时想道，倘若不是这讨厌的咳嗽，我将更多说些话，我将更解释得清楚些。唉！肺病真是万恶的呵！……大家看着他咳嗽的样子，都不禁表现出怜惜的神情，意欲不教他再说话罢，喂！这是不可以的！他的见识高，他是一个指导者，倘若他不将这次重大的行动说得清清楚楚地，那么，事情将有不好的结果，不可以，绝对地不可以！……就使大家劝他不要再说话，他自己能同意么？不会的！个人的病算什么？全上海无数万万工人的命运系于这一次的举动，如何能因为我个人的小病而误及大事呢？……如此，史兆炎等到咳嗽完了，还是继续说将下去。

大家听了史兆炎详细的解释之后，都没有疑义了。

决定了：各人回到自己的支部，工会，机关里去活动！

明天上午六时起实行总同盟大罢工！

明天游行，散传单，演讲！

呵！明天……

在会议的时候，邢翠英完全没有说话。她与华月娟坐在床上，一边听着同志们说话，一边幻想着，幻想着种种许多的事情。往日里开会时，她发言的次数比男同志还要多些，但是这一次为什么不说话？暴动，总同盟罢工，这是很危险的事情，她有点惧怕么？为什么好说话的人不说话了？她是丝厂女工的组织员，她的责任很重大呀，她这时应当发表点意见才是！但是她一点儿意见也不发表，这岂不是奇怪么？

真的，邢翠英在这一次会议上，可以算是第一次例外！她靠在华月娟的身上，睁着两只圆而大的眼睛，只向着发言的同志们望，似乎她也很注意听他们的说话，但是她的脑筋却幻想着种种许多别的事情。她不是不愿意说话，而是因为在幻想中，她没有说话的机会。她起初听到主席的报告，说北伐军已到了松江了，她满身即刻鼓动着愉快的波浪。难道说北伐军真正到了松江了？哼！千刀万剐的沈船舫李普璋倒霉的时期到了！这真是我们工人伸伸头的时期！唉！想起来丝厂的女工真是苦，真不是人过的日子！厂主，工头，真是一个一个地都该捉着杀头！……北伐军到了上海时，那时我将丝厂女工好好地组织起来，好好地与资本家奋斗……唉！女工贼穆芝瑛真可恶！这个不要脸的恶娼妇，一定要教她吃一吃生活才好！……

邢翠英等到听了李金贵的话之后，心中的愉快更加了十倍！呵！还是我的黑子好！这几句话说得多痛快，多勇敢！哎哟！我的好黑子，我的亲爱的丈夫！……你看，同志们那一个不佩服他有胆量？那一个有他这样勇敢？我的亲爱的……邢翠英想到这里，暗暗地骄矜起来：哼！只有我邢翠英才有这样的丈夫呵！

最后，邢翠英又想起自己在丝厂中所经受过的痛苦，那工头的强奸，打骂，那种不公道的扣工资，那种一切非人的生活，……唉！现在的世界真是不成世界！穷人简直连牛马都不如！这不革一革命还可以吗？革命！革命！一定要革命！不革命简直不成呵！……

"那么，就是这样决定了：明天早晨六时宣布总同盟大罢工！"

邢翠英被主席这一句话惊醒了：就是这样决定了？明晨六时宣布总同盟大罢工？我现在回去预备还来得及罢？好！大罢工！我们教狗沈船舫看一看我们的力量！……邢翠英忽然觉着有几句话要说，但是主席已经宣布散会了。

邢翠英总是与华月娟在一块儿的。散会时邢翠英与华月娟一阵出来。清瘦的华月娟身穿着自由布的旗袍，头发已经剪去了；照她的态度，她的年纪，她的面色看来，她是一个很可爱的，活泼的，具有热情的姑娘。邢翠英是一个中年的女工的模样。她俩非常要好：邢翠英在平民夜校里受过华月娟的课，因之，邢翠英很尊敬她。邢翠英时常想道：

"好一个可爱的，有学问的姑娘！她什么事都晓得！"

散会出门时，华月娟向邢翠英问道：

"你是一个好说话的人，为什么今天一句话也不说呢？"

"我忘记说话了。"邢翠英这样笑着说。

"说话也会忘记了吗？"

"……"

"明天我们教军阀和帝国主义看看我们的力量！"

"是的，明天我们教军阀和帝国主义看看我们的力量！"

已经是七点多钟了。讨厌的雨还是沙沙地下。没曾带雨具的她俩，饿着肚子，光着头在T路头鹄立着，等待往闸北去的电车。

第二章

总同盟大罢工！这简直不是随便的玩意！

仅仅在六小时之内，繁华富丽的上海，顿变为死气沉沉的死城！电车停驶了；轮船不开了；邮局关门了；繁盛的百货公司停止贸易了；一切大的制造厂停止工作了；工场的汽笛也不响了。你想想！这是在六小时之内的变化！六小时的时间居然教繁华富丽的上海改变了面目！喂！好一个总同盟大罢工！这简直不是随便的玩意！

好一个巨大的，严重的景象！这直令立在马路上的巡捕与军警打起寒噤来！谁个晓得这些蠢工人要干些什么？谁个又猜得透这些过激党在做什么怪？这大约就是所谓赤化罢？危险！可怕！这真对于统治阶级是生死关头！没有什么别的再比这种现象令人恐慌的了！这还了得！反了！反了！一定要赶快设法压服下去！

总同盟大罢工的消息，惊醒了上海防守司令李普璋的美梦。

李司令这些天真是劳苦极了！又要派兵到前线去打仗，又要负起上海防守的责任，又要与外国领事接洽治安的事务，又要向上峰报告军情，又要筹划如何保留自己的地位，又要……总而言之，真是劳苦极了！李司令除了这些公事而外，又有自己的房事：姨太太四五个，呵，也许是七八个罢？这数目没有什么要紧，反正姨太太有的是就得了！我们的司令近来为着战事紧急的原故，几乎没有搂着姨太太消受的工夫！唉！真讨厌！这些革命党人真可恶！在家里安安静静地过日子不好，偏偏要革什么命！北伐？真是会玩花头！反对军阀？反对帝国主义？哼！浑蛋！胡闹！捣乱鬼！……

昨晚上一般穷革命党人秘密开会，进行罢工的时候，正是我们的司令躺在床上拿着烟枪过鸦片烟瘾的时候。四姨太太烧的烟真好，真会烧！就使不会烧，只要看见她那一双烧烟的玉手，她那一双妩媚的笑迷迷的眼睛，也要多抽几口。唉！好消魂的鸦片烟！我们的司令真是劳苦了，现在要好好地休息一下，畅快地抽它几口鸦片烟！在鸦片消魂，美人巧笑的当儿，我们的司令想道：还是这种生活好！上海大约不成问题：我有外国人保驾，有外国人帮助，我难道还怕他什么革命军不成？他们有胆子同英国兵开仗吗？我量他们绝对地不敢！松江是有点危险罢？不，不要紧！反正上海他们是不敢来的！……

我们的司令越想越放心，好，怕它个蛋！来！我的小宝贝！我的心肝！我已经有两天多没同你好好地……今夜我俩好好地睡一觉罢！四姨太太，令人消魂的四姨太太，一下趴在司令的身上，又是捏他的耳朵，又是扭他的胡子，又是……唉！真是消魂的勾当！我们的司令到这时，什么革命军，什么松江危险，一起都抛却了，且慢慢地和四姨太太享受温柔乡的滋味！

早晨八点多钟的时候，正是李司令搂着四姨太太嫩白的身躯，沉沉憩睡的时候。是的，我们的司令应有很好的美梦！

忽然总同盟大罢工！

忽然全上海入于恐慌的状态！

忽然革命党人大大地捣乱起来！

唉！工人真是可恶！革命党人真是浑蛋！居然惊断了我们的司令的美梦！这还了得吗？这岂不是反了吗？你们这些乱党敢与我李普璋做对吗？你们敢宣言杀我吗？哼！我杀一个给你们看看！杀！杀！杀！兵士们！来！你们给我格杀勿论！……

于是在白色恐怖的底下，全上海各马路上流满了鲜艳的红血！

章奇先生躺在细软的沙发上，脸朝着天花板，左手拿着吕宋烟慢慢地吸，右手时而扭扭八字胡，时而将手指弹弹沙发的边沿，似觉思想什么也似的。忽然将手一拍，脚一跺，长长地叹了一口气，并连着很悲愤地自语道："唉！想起来好不闷煞人也！"

真的，章奇先生这一年来，真是有点悲愤。章奇先生曾做过总长，章奇先生曾有民党健将之名，章奇先生曾受过一般人的敬仰，但是现在？现在章奇先生简直活倒霉！民党里没有他的位置，革命政府没有他的官做，左派骂他为右派，为军阀的走狗，一般人说他是莫名其妙……唉！想起来章奇先生真有今昔之感！

章奇先生想来想去，以为自己弄到现在这个样子，完全都是C.P.的不好。C.P.包办革命，C.P.吞食国民党，C.P.利用左派分子，……C.P.真是可恨！倘若不是C.P.与我做对，我现在何至于被人称为反革命？何至于不能在革命政府下得到一官半职？唉！非反共不可！非把C.P.的人杀完不能称我的意！有时章奇先生恨起C.P.来，简直把胡子气得乱动，两脚气得乱跳。有一次，他与他的夫人吃饭，吃着吃着，他忽然颜色一变，将饭碗"哗呲"一声摔到地板上，这把他的夫人的魂几乎都吓飞了。当时他的夫人只当他陡然得着疯病，或是中了魔，等了半晌，才敢向他问一声："你怎么着了？"他气狠狠地答道："我想起来C.P.真可恶！"

章奇先生这样地恨C.P.，真是有点太过度了！C.P.当然是很可以恨的，但是章奇先生这样地恨法，实在对于章奇先生的健康有妨碍！章奇先生本来是已经黄瘦的了不得，就如鸦片烟鬼的样子（听说章奇先生并不吸鸦片烟，这是应当郑重声明的）。如何再能有这样损伤神经的恨法？章奇先生纵不为自身的健康想一想，也应当为自己的夫人想一想。她是一个胆子极小的妇人，最怕的是革命，曾屡次劝章奇先生抛弃党的活动，而好好地找一个官做做，享享福，免去一些什么杀头，枪毙，坐牢的危险。章奇先生是很爱他的夫人的，应当处处为她打算才是。倘若这样无故摔饭碗的玩意多耍几套，这样急性的神经病多发几次，岂不是要把她活活地吓坏了么？

章奇先生躺在细软的沙发上，口衔着吕宋烟，慢慢地吞云吐雾，忽而觉着自己真是在腾云驾雾的样子。虽然一时地想起可恨的C.P.来，但这一次还好，恨的延长并未到一点钟的时间，也就慢慢地消逝了。章奇先生除了恨C.P.而外，还要做别的思维：如何才能勾结上一个大的有实力者，再尝一尝总长的滋味，再过一过官瘾？……又兼之这几年没做官，手里实在不十分大宽裕，一定要赶紧弄几个钱才好，一定地，一定地……章奇先生忽而假设自己是已经再做总长的模样，无形中就真的愉快到如腾云驾雾的样子。呵呵！总长！呵呵！大龙洋，中交钞票……

"叮当当当……叮当当当……当……"

电话！

章奇先生的幻想被电铃所打破了。他懒洋洋地欠起身来，慢慢地走到电话厢子旁边，口里叽咕了一句："现在是谁个打电话给我呢？时候还这样早……"

"allo！ allo！"

"你是谁呀？"电话中的人说。

"我是霞飞路，章宅……"

"呵呵，你是季全吗？我是屈真……"

"呵呵，你有什么事情？"

"今天全上海大罢工，你晓得吗？"

"怎么？全上海大罢工！我今天没出门，不晓得……"

"这次大罢工又是C.P.的人捣的鬼，我们不可不想一对付的方法，顶好教李普璋大大地屠杀一下，给他们一个厉害……这正是我们报复的机会……"

"呵呵，是的，这正是我们报复的机会！……恢生海清他们呢？"

"他们正在V路会议这个事情呢。你顶好到龙华防守司令部去一趟！……"

"……"

"……"

章奇先生喜形于色了。黄瘦的面庞顿时泛起了红晕，微微地冷笑两声。他郑重地把狐皮袍子拍一拍，整一整衣冠，对着穿衣镜子望了一下。遂即喊道：

"贵生！"

"就来了，老爷！"

"把汽车预备好！"

大屠杀开始了！

散传单的工人和学生散布了满马路。

大刀队荷着明晃晃的大刀，来往梭巡于各马路，遇着散传单，阅传单，或有嫌疑者，即时格杀勿论；于是无辜的红血溅满了南市，溅满了闸北，溅满了浦东，溅满了小沙渡……有的被枪毙了之后，一颗无辜的头还高悬在电杆上；有的好好地走着路，莫名其妙地就吃一刀，一颗人头落地；有的持着传单还未看完，就噗嗤一刀，命丧黄泉。即如在民国路开铺子的一个小商人罢，因为到斜桥有事，路经老西门，有一个学生递给他一张传单，他遂拿着一看，——他哪里知道看传单也是犯法的事呢？他更哪里知道看传单是要被杀头的呢？他当时想道：呵！学生又散传单了，工人又罢工了，到底又因为什么事呢？且看一看传单上说些什么！他于是将传单拿到手里打开念道：

"全上海的市民们！

"我们受军阀的压迫，受帝国主义的虐待，已经够了！我们现在应当起来了：我们应当起来组织市政府！我们应当起来响应北伐军！

"打倒帝国主义！

"打倒军阀的黑暗政治！

"打倒一切反动派！

"……"

这位小商人刚看到此地，不防大刀队来了。看传单？乱党！捉住！杀头！于是他的身首异处了，头滚到水沟里，而尸身横躺在电车的轨道上。

还有更可笑，更莫名其妙，更残酷的事呢：

小东门有一个十一岁的小孩子阿毛，平素见着散传单，就乐起来了：又散传单了！快抢！多抢一些来家包东西！"先生！你多给我一张罢！先生！我也要一张！先生！……"张着一张小口，跟着散传单的人的后边乱叫。他不认识字，并不明白散传单有什么意义，他只晓得抢传单好玩，呵，多多地抢一些……

阿毛这一次又高兴起来了，他又跟着散传单的人的后边乱跑，张着一张小口乱叫："先生给我一张传单罢！先生！我要……"果然！果然阿毛又抢了一些传单拿在手里玩弄。忽然大刀队从街那边来了，——阿毛看着他们荷着明晃晃的大刀，似乎有点好白相，于是就立着看他们一排一排地来到。阿毛正在立着痴望他们，忽然跑过来一个手持大刀的兵士，一把把他的小头按着，口中骂道：

"你这小革命羔子！你也散传单吗？我把你送到娘怀里吃奶去！"

可怜阿毛吓得还未哭出声的时候，一颗小头早已落在地下了！

这真是闹得人人自危！倘若你在街上走路，你的头就没有安全的保证。顶好是坐在家里不出去！也许你走着走着，背后就给你一刀，使你死了还不明白是什么一回事。是的，当罢工的时候，中国地界差不多完全关门闭户，有很少的人敢在街上走路。如此，一座繁华富丽的上海变成了死气沉沉的死城，变成了阴风惨惨的鬼国，变成了腥膻的血海。

不错，革命党人真该杀！演讲的学生该杀！散传单的工人该杀！但是这看传单的小商人？这天真烂漫世事不知的小阿毛？……呵呵！杀了几个人又算什么呢？在防守司令的眼中，在野蛮如野兽般的兵士的眼中，甚至于在自命为孙中山先生的信徒章奇先生的眼中，这种屠杀是应该的，不如此不足以寒革命党人之胆……

当阿毛的母亲抱着阿毛小尸痛哭的时候，正是章奇先生初从防守司令部出来，满怀得意，坐着汽车回府的时候……章奇先生得意，而阿毛的母亲哭瞎了眼睛；章奇先生安然坐在汽车里，而阿毛的母亲哭哭啼啼地将阿毛的小尸首缝好，放在一个新木匣里……

大罢工的第二天，天气晴起来了。午后的南京路聚满了群众，虽然几个大百货公司紧闭了铁栏，颇呈一种萧条的景象，然而行人反比平素众多起来。大家都似乎在看热闹，又似乎在等待什么。巡捕都荷枪实弹，如临大敌也似的；印度兵和英国兵成大队地来往梭巡，那一种骄傲的神情，简直令人感觉到无限的羞辱。

史兆炎在罢工实现后，几乎没有一刻不开会，没有一刻不在工人集会中做报告；他更比平素黄瘦了。今天午后，他因为赴一个紧急会议，路经南京路，见着英国兵成大队在街上行走，于是也就在先施公司门口人丛中停步看了一看。他这时的情绪，真是难以形容出来。他看着无知识的，愚蠢的印度兵在英军官带领之下，气昂昂地在街上行走，不禁很鄙弃他们。他们也是英帝国主义的奴隶呀！自己做了奴隶还不算，还帮助自己的仇人压迫中国人，来向中国人示威，这真是太浑蛋了！……他忽而又发生一种怜悯的心情：可怜的奴隶呵！什么时候才能觉悟呢？……他想道，倘若他们能掉转枪头来攻打自己的敌人，这是多么好的事呵！可惜他们不觉悟……他想到这里，似乎左边有一个人挤他，他掉转脸一看，原来是一个穿西装的少年，脸上有几点麻子，——这似乎是一个很熟识的面孔，似乎在什么地方见过也似的。史兆炎沉吟一想，呵，想着了：原来是法国留学生，原来是那一年在巴黎开留法学生大会时，提议禁止C.P.入会的国家主义者张知主！是的，是的！听说他现在编辑什么国家主义周报，听说他又担任什么反赤大同盟的委员……史兆炎将手表一看，呵，时间不早了，我要开会去了，为什么老立在这儿瞎想呢？管他娘的什么国家主义不国家主义，反赤不反赤呢！是的，我应当赶快开会去！

史兆炎在人丛中消逝了影子。

这时张知主并没猜到，与他并立着的，就是那年巴黎开留法学生大会时的史兆炎，就是他国家主义者的死对头。也难怪张知主没有猜到：事已隔了许多年，虽然张知主还是从前一样漂亮，脸上的麻子还是如从前一样存在，虽然张知主的面貌并未比从前改变，但是史兆炎却不然了。史兆炎归国后的这几年，工作简直没有休息过，在工人的集会中，在革命的运动上，不觉得把人弄老相了许多，又加之因积劳所致，得了肺病，几乎把从前的面貌一齐改变了。这样一来，张知主如何能认得与他并立着的史兆炎呢？张知主既不认得了史兆炎，所以当史兆炎离开的时候，他也没曾注意。

说起来张知主先生，他倒也是一个忙人！自从他从巴黎大学毕了业（？）归国以来，对于国家主义的运动，真是可以说是鞠躬尽瘁了！办周报哪，组织国家主义团体哪，演说哪，还有想方法打倒C.P.乱造谣言哪，……张知主先生的确是一个热心家！他的朋友如郑启，李明皇，左天宝……都自命为中兴的健将，等于曾国藩，李鸿章，左宗棠之流，的确是有声有色，令人敬佩！而我们的张知主先生自命为什么呢？张知主先生自己没有公开地说明过，我们也不便代为比拟，不过有一句话可以说，就是照他的言谈判断起来，他至少也可以比做张之洞！

国家主义的口号虽然是"内除国贼，外抗强权"；但是张知主先生也就如他的朋友一样，以为要实行国家主义，顶好把口号具体化起来，就是把这两句口号改为"内除共产，外抗苏俄"。拿这两句口号来做国家主义运动，不但可以顺利地做去，而且可以得到讨赤诸元帅的帮助，可以博得外国人的同情。不错，的确不错！好一个便利的口号！

张知主总算是个有羞耻心的人：当他初次领英国人所主办的反赤大同盟的津贴时，脸上的麻子未免红了一下。但是他转而一想，C.P.都能拿俄国的卢布，而我就不能拿英国的金镑么？这又怕什么呢？于是张知主先生也就放心了。当他初次领五省总司令部宣传部的津贴时，他的脸上的麻子也照样地红了一红：受军阀的津贴未免有点不对罢？……但是我们的张知主先生是很会自解的；他想道，这比C.P.拿俄国的卢布好得多呢！中国人领中国人的钱，反正是自己人，这又算什么呢？于是张知主先生也就放心了。

在大罢工发生之后，张知主先生更加忙起来了。C.P.的人又在做怪！又在鼓动工潮！又在利用罢工骗取苏俄的卢布！……张知主先生确信（也许是假信？不如此，便寻不出反对C.P.的材料！）每一次的工潮都是C.P.所鼓动的，并且C.P.在每一次工潮的结果，都要骗得许多万许多万的金卢布。你看他每一次的文章，他每一次所做的传单，都是说得活龙活现也似的。张知主先生在这一次更为发怒了，更为下了决心了。哼！这一次非设法杀掉许多工人不可！工人真正地浑蛋！你们为什么甘心被人利用呢？不杀你们几十个，你们永远不知道厉害！于是张知主先生投效直鲁联军反赤宣讲队，担任组长之职，于是他拼命拿笔写反赤的传单，于是他劳苦的不得了……

呵！张知主先生今天也不知以何因缘挤到与史兆炎并立着一起在先施门口看热闹。当史兆炎看着印度兵和英国兵骄傲地在街上示威，而感觉着无限的羞辱的时候，张知主先生却只感觉得他们的军装整齐，只惊讶他们的刺刀明亮。史兆炎视他们为中国民众解放运动的敌人，而张知主先生有意识地，或无意识地，当他们为反赤的同志。是的，他们真是张知主先生的同志！张知主先生反对C.P.，北伐军，而他们也反对C.P.，北伐军；张知主先生想屠杀罢工的工人，帮助讨赤的联帅，而他们也是做如是想，完全与张知主先生取一致的行动。真的，真是很好的同志！

张知主先生是一个忙人，如史兆炎一样，不能老立在这儿看热闹！事情多的很：还有传单没有分配好，还有组员要训练，还有……真的，张知主先生要快到闸北直鲁联军宣传部办公才是！

张知主先生于是不看热闹了，坐着黄包车驶向闸北来。

黄包车刚拖到宝山路铁路轨道的辰光，忽听一声：

"停住！"

"停住？为什么要停住？"

张知主先生坐在车上正在俯着头想如何做反赤的传单才有力量，才能打动人，如何向人们宣讲反赤的真义……忽然被这一声"停住"吓得一大跳。张知主先生未来得及说话的时候，已经被走上来两个穿灰衣的人按着了，浑身上下一搜，搜出了一卷传单来。呵！传单！乱党！杀头！可怜两位穿灰衣的人不容张知主先生分辨，即胡乱地把他拖下车来，拖到路轨的旁边，手枪一举，"啪"地一声送了命！搜出来的传单本来是张知主先生所亲手做的，无奈兵大爷不认得字，就此糊里糊涂把他枪毙了。张知主先生做梦也没有做得到！张知主先生就是死了也不能瞑目！唉！真是冤哉！冤哉！

持传单看的小商人死得冤枉，抢传单包东西的十一岁小孩子阿毛死得冤枉，但是热心反赤的张知主先生死得更冤枉！在这一次运动中死了许多学生，工人，——这是应该死的，谁个教他们要罢工？要散传单？要反对什么军阀和帝国主义？

但是热心反赤的张知主先生无辜地被枪毙了，这却为着何来？……

第三章

　　月娟真是疲倦了！这两天她的两条腿，一张口，简直没于闲过。她担任妇女部的书记，所有女工的组织等等，都须要她操心，一忽儿召集负责任的女同志们开会，一忽儿到区委员会报告，一忽儿又要到总工会料理事情。唉！真是忙得两条腿，一张口，没有休息的工夫！但是怎么办呢？工作是需要这样的，革命的事业不容许安逸的休息。为着革命，为着革命就是赴汤蹈火，就是死，也是不容避免的，何况一点儿疲倦么？……

　　但是月娟真是太疲倦了！她的面庞眼看着更瘦得许多了；两只眼睛虽然还是如从前一样地清利，但瘦得大了许多；头发这两天从没整理过。当正在工作或跑路的时候，月娟还不觉得疲倦，或者有点觉得，但不觉得有怎样地很。现在她乘着要回家改装的当儿，抽得十几分钟躺在自己一张小床上，真是觉得疲倦得了不得。呵呵，顶好多躺一下！呵呵，顶好多躺一个钟头！真舒服！虽然这是一张小板床，而不是有弹性的细软的钢丝床。虽然这两条被都是粗布制的，虽然这一间书房带卧室如鸟笼子一样，但是到这时简直变成了快乐的天堂了。呵呵，顶好是多休息一下，顶好是多躺一忽儿！但是工作是要紧的呵！没有办法，简直没有办法！

　　月娟躺在板床上，两手抱着头，闭着眼睛，回想起刚才区委员会开会的情形：

　　"史兆炎真正是一位好同志！他说话那样清楚，那样简洁了当，他的那种有涵养的态度……他对待同志也好。他对于我？……他真是一个可爱的人！可惜他也得了肺病！他说话时那种咳嗽得腰弯起来的样子，真是令人可怜！唉！为什么好同志都有病呢？真是奇怪的很！倘若他没有肺病，那他该更有用处呵！……

　　"鲁正平同志？鲁正平同志不十分大行。那样说话语无伦次，颠三倒四的！照理他不应负军事上的责任。他哪能够做军事运动呢？胡闹！易昌虞同志还不错，他很勇敢，做事又很有计划，很仔细。

"李金贵同志真勇敢，真热心！工人同志中有这样能做事的人，真是好得很！他明天率领纠察队去抢警察署，倒不知道结果怎么样呢。……翠英现在不知做什么。也许是在家里？好一个女工同志！不过脾气有点躁，少耐性。

"今天会议议决明天下午六时暴动，这当然是对的，不过我们的武器少一点。这两天杀了这些工人学生，唉！真是令人伤心的很！但是这又有什么方法避免呢？……明天暴动成功还好，暴动不成功时，又不知要死去多少人！反正暴动是不可免的，一般工人同志都忿恨的很，就是女工们也有忍不住之势。好在海军的接洽已有把握，明天也许一下子把李普璋这个屠户干掉。……

"我明天晚上去到西门一带放火，这却是一个难差使，现在虽然活到二十一岁，但却没经验过放火的事情，唉！管它，明天再看罢！……

"呵，我浑蛋！我老想什么？我应当赶快改装去找翠英去！"

月娟想到这里，一骨碌坐起来，即速把身上的旗袍脱下，拿一件又大又长的蓝布袍子穿上。袍子穿妥之后，又将自己的头用青布巾包裹起来，顿时变成了一个老太婆的模样。月娟的头发是剪了的，但是剪了头发的女子即犯了革命党人的嫌疑，照着沈船舫张仲长的法律，是有杀头的资格的。月娟并不怕死，但是倘若被大刀队捉去了，或是杀了，自己的性命倒不要紧，可不要误了革命的工作！月娟的模样一看就知是女学生，而女学生却不方便到工人的居处的地方去。月娟要到翠英的家里，又要到宝兴路去开女子运动委员会；因此，月娟便不得不改装，便不得不把自己原有的面目隐藏起来。

月娟改装停当之后，拿镜子一照，自己不禁笑将起来。呵！扮得真像！简直是一个穷苦的婆子！倘若这种模样在街上行走，有谁个认得出我是华月娟来？有谁个认得出我是一个女教员来？哈哈！哈哈！……月娟越看自己越有趣，越看越觉着好笑。她忽然想起自己从前所读过的俄国虚无党人的故事来：女虚无党人的那种热心运动，那种行止的变化莫测，那种冒险而有趣的生涯……难道说我华月娟不是他们一类的人吗？呵！中国的女虚无党人！……

在B路转角的处所，有一块矮小的房屋名为永庆坊。这个坊内的房屋又矮小，又旧，又不洁净，居民大半是贫苦的工人。贫苦的工人当然没有注重清洁的可能，又加之坊内没有一个专门打扫弄堂的人，所以弄堂的泥垢粪滓堆积得很厚，弄得空气恶臭不堪。倘若不是常住在这种弄堂里的人，那吗他进弄堂时一定要掩住口和鼻子。坊的前面就是小菜场，小菜场内的鱼肉腥臭的空气，和弄内泥垢粪滓的臭味混合起来，当然更要令人感觉得一种特别的，难于一嗅的异味。但是本坊内的居民，或者是因为习惯成自然了，总未感觉得这些。他们以为只要有房子住，只要房子的租价便宜，那就好了，此外还问什么清洁不清洁呢？清洁的地方只有有钱的人才可以住。但是穷人，穷人是应该住在如永庆坊这类的地方。

李金贵和邢翠英也是永庆坊内的居民。他俩所住的房子是二十八号。这二十八号是一楼一底的房子，共住着四家人家：楼上住两家，楼底下住两家。虽然原来总共是两间房子，但因为要住四家的原故，所以不得不用木板隔成做四间房子用。若与本弄内其他房子所住的人家比较起来，那吗这二十八号住四家人家还不算多；因为大半都是住着五家或是六家的。至于他们怎样住法，那是有种种不同的情形的，有的两家合住在一小间房子里的，有的把一间房子隔做两层，可以把一楼一底的房子造成四层楼的房子。

李金贵和邢翠英住的是楼底下靠着后门的一间，宽阔都不过五六尺的样子，除开摆放一张床和一张长方桌子，此外真不能再安搁一点大的东西。好处在于这间房子是独立的，与其他的房子完全隔断了，一道后门不做共同的出路。睡觉于斯，烧锅于斯，便溺于斯，——这一间形如鸟笼子的房子倒抵得许多间大房子用处。房内摆设的简单，我们可以想像出来，一者这一对穷夫妻没有钱来买东西摆设，二者就是有摆设的东西也无从安搁。不过这一对穷夫妻虽然住在这种贫民窟里，而他俩的精神却很愉快，而他俩的思想却很特出，而他俩的工作却很伟大……

天已经要黑了，已经要到开电灯的时候了，但是邢翠英的家里却没有明亮的电灯可以开。邢翠英今天忙了一天，现在才回到自己的家里。此时觉着有点饿了，在把煤油灯点着之后，遂把汽油炉子上上一点煤油，打起来，预备烧晚饭吃。翠英今天晚上回来的情绪非常愉快：女工们真热心！女工们真勇敢！尤其是年轻的小姑娘们！……今天会议上的情形真好，你看，阿兰那样小小的年纪，小小的姑娘家，居然怪有见识，居然那样明白事情……翠英本来是疲倦了，但因为有这样的高兴的情绪鼓动着，倒不感觉着什么疲倦了。

曾几何时，Y丝厂的一个女工人，一个知识很简单的女工人，现在居然担任党的重要的工作！现在也居然参加伟大的革命的事业！……翠英有时也觉得自己有这样大的变化，当每一觉得这个时，不禁无形中发生一种傲意：女工人有什么不如人的地方？你看看我邢翠英！我邢翠英现在做这种伟大的事情，也居然明白社会国家的事情！可见人总要努力！倘若一切的女工人都像我邢翠英一样的觉悟，那可不是吹牛，老早就把现在的社会弄得好了。……但是，当翠英每一想到此处，一个清瘦的，和蔼的姑娘——华月娟的影子便不得不回绕于脑际。华月娟是翠英的好朋友，是翠英的爱师——华月娟从人群中把翠英认识出来了，把她拉到平民夜校读书，灌输了她许多革命的知识。——真的，翠英无论如何忘记不了华月娟，一个平民夜校的女教师，一个清瘦的，和蔼的姑娘！

今天翠英特别高兴，因想起开会的事情，想到自身，由自身又想到华月娟的身上。翠英把汽炉打着了，将锅放在上面即让它煮将起来，而自己一边坐在床上等着。正在一边等着，一边想着华月娟的当儿，忽听得有人敲门，遂问道：

"谁敲门？"

"是我！"

"呵，原来是你！"

翠英把门开了，见着月娟的模样，不禁笑道：

"好一个可爱的娘姨！"

"你看像不像？"

"怎么不像？真是认不出来呀！"

"那吗就好！"

"我正在想你，恰好你就来了。"翠英把门关好，回过脸跟着就问道，"你们今天开会怎么样决定的？明天晚上是不是要……"

"决定了。"月娟向床坐下说，"明天晚上要暴动。"

"呵呵！……"

"我问你，女工的情绪怎么样？杀了这些人，她们怕不怕？"

"女工的情绪很好，她们现在都愤恨的了不得！我已经把工作都分配妥当了。金贵呢？你看见他了吗？他到现在还没有回来。"

"在会场上看见的。明天暴动时,决定他带领几十个纠察队去攻打警察署,夺取警察的枪械……"

"怎吗?是他带领着去吗?……"翠英听了月娟的话,顿时呈现出一种不安的神情,但是月娟并没注意到,还是继续接着说道:

"是的,是他带领着去。我们自己没有武装,只得从敌人的手里抢来!明天晚上决定海军一开炮时,即动手抢兵工厂,……计划都弄好了,大约是总可以成功的。现在事已至此,没有办法,难道说就这样地让李普璋杀吗?"

"呵呵。"

"我担任的真是一个难差使;教我到西门一带放火,你说是不是难差使呢?长到这样大,真是不知火是怎样放的!没有办法,只得去放罢……"月娟忽然将手表一看,惊慌地说,"我还有一个会要开,要去了。明天再会罢!"

月娟刚出永庆坊的弄口,即与李金贵遇着了,——他这时是从军事委员会开会回来。两人互相点一点头,笑一笑,就分开了,并没有说一句话。

在灰黄不明的煤油灯光中,李金贵与邢翠英坐在床上互相地拥抱着,紧紧地拥抱着……一对穷夫妻在同居的五六年中,虽然是相亲相爱,没曾十分反目过,但也从没曾有过此刻这样地亲爱,从没曾相互地这样紧紧地拥抱过。此刻的一秒钟,一分钟,对于这一对相互拥抱着的穷夫妻,比什么东西都可贵些!

明天金贵要带领着人去抢警察署了!大家都是徒手没有枪,抢的好或可以生还,抢的不好,一定是免不了要送掉性命,……两人都明白这个,但是不能避免这个!呵,党的决议,革命的要求,就是知道一定地要送命,那又有什么办法呢?金贵能临时脱逃?能贪生而丢弃革命的工作?不,绝对地不能!金贵连这种卑怯的心理起都没有起过!对于金贵,吃苦也可以,受辱也可以,挨打也可以,就是死也可以。但是背叛革命,但是放弃自己的责任,金贵无论如何是不会的!

说也奇怪,金贵的意志如铁一样的坚,金贵的信心比石头还硬。金贵是一个朴直的工人,所知道的也就仅是关于工人阶级的事情。现在社会非改造不可!工人阶级真苦!有钱的都不是好东西呵!呵!赶快革命,革命,革命……真的,金贵无时无刻不想革命的实现。金贵的性情很急躁,老早就向党部提议暴动,但是总都被否决。可是现在?可是明天。呵,明天暴动这是我李金贵发泄闷气的时候了！把李普璋这个狗东西捉住，把他千刀万剐才如我意！……

　　金贵想到，明天也许弄的不好要死的，但是这又有什么办法呢？死就死，大丈夫还怕死不成么？……但是翠英？与我共甘苦的翠英？……没有办法！也许明天弄的好不至于死，况且我还有一支手枪呢。放小心些，大约不妨事的。

　　金贵觉着心中有点难过，想说几句安慰翠英的话，但是金贵素来就不长于说话，到此时更不知为什么，连一句话几乎都说不出来。他只有用自己粗糙的手抚摩着翠英的蓬松的黄头发，他只有用自己的大口温情地温情地吻翠英的额，不断地吻……至于这时的翠英呢？翠英本是一个会说话的人，到这时应当向金贵多多地说一些，倘若这时不说，也许永没有再与金贵说话的机会了。是的，翠英这时应当多多地说些话！这时不说，还待什么时候说呢？但是翠英也如金贵一样地沉默着，沉默着，沉默到不可再沉默些的地步。平素会说话而且好说话的翠英，到现在却没有话好说了，——本来呢，这时有什么话好说？说一些什么话才好？翠英这时候的情绪没有什么言语可以表示出来！劝阻金贵不要去干？不，不，翠英无论如何不好意思把这种意思说出来！党的决定，革命的需要，我哪能以个人的感情来劝阻他？而况且我自己是一个什么人呢？不可以，绝对地不可以！……这也只好碰运气，也许不至于有什么意外的事情罢？但是倘若有什么不测的时候……唉！那时我也只有一个死……陪着他死……

　　翠英想起五年前与金贵初认识的时候，想起与金贵初同居的那一夜，呵，那一夜也曾与金贵如今夜地这样拥抱着，但是那时的拥抱是什么味道？现在的拥抱是什么味道？……想起前年金贵因指挥罢工而被捕入狱的时候；想起她害病时，金贵是如何地焦急，而侍候到无所不至的时候；想起金贵对于她的纯洁的真挚的爱；想起金贵有许多不可及的好处，想起……呵呵！好亲爱的黑子！好亲爱的丈夫！好亲爱的朋友！好亲爱的同志……但是明天？唉！没有办法！只好听他去！也许碰得好，不至于大要紧罢？翠英刚想到这个当儿，忽然金贵高兴地叫一声：

　　"我的翠英！"

　　"什么？"

　　"你怕么？"

　　"不怕！"

"我以为,只有我们穷革命党人才算得英雄好汉!你想想是不是?我们的责任该多么样大呵!……"

"是的,我的亲爱的黑子!只有你才算得真正的英雄,真正的好汉!……"

金贵很满意地向着翠英笑了一笑。

第四章

白色的恐怖激起了红色的恐怖。

偌大的一个上海充满着杀气！英国的炮车就如庞大的魔兽一样，成大队地往来于南京路上轰轰地乱吼，似乎发起疯来要吃人也似的。黄衣的英国兵布满了南京路，高兴时便大吹大擂地动起了鼓号。呵呵，你看，那些有魔力的快枪，那些光耀夺人的刺刀，那些兵士睁着如魔鬼也似的眼睛，那些……呵呵，他们简直要吃人！他们简直要屠杀！

森严的大刀队来往梭巡于中国地界各马路上，几乎遇人便劈，不问你三七二十一！是的，这是一群野兽，它们饿了，它们要多多地吃一些人肉！……

坐镇淞沪的防守司令李普璋现在可以安心了：走狗有这样地多，刽子手有这样地好，国民党右派的名人又这样地出力，国家主义者有这样地帮忙，呵呵，我还怕什么呢？难道说这些愚蠢的，手无寸铁的工人还能做大怪不成？罢工？散传单？你们的本事也就止于罢工散传单了！难道说你们另外还有什么花头吗？……而何况我有英国兵做后盾。呵呵，英国人真是好！英国人这样地帮我忙，真是难得！你们反对什么帝国主义，反对外国人，唉，这简直是浑蛋！我看看你们如何反对他们！哼！这简直是笑话！

真的，我们的防守司令现在可以安安稳稳地躺在床上大抽其鸦片烟，鸦片烟抽足了之后，可以安安稳稳地搂着白嫩的四姨太太睡觉。……

但是这被屠杀的工人？这一般不安分的穷革命党人？

胆小的，卑怯的市侩见着这种屠杀的景象，大半都吓得筛糠带抖霖；一部分心软的知识阶层只是暗暗地在自家的屋里叹气。唉！这简直没有人道了！这，这，这简直不合乎人道主义！……但是粗笨的工人群众越受屠杀越愤激，越受压迫越反抗。——在这两天内，工人群众的情绪更愤激得十倍于前！他们并不知道什么叫做人道主义，他们只知道拼命，只知道奋斗，不奋斗便有死，反正都是一死，与其饿死，不如被枪打死。一般专门的穷革命党人，他们还是秘密地进行自己的工作；从前他们仅是从事于和平的示威，而现在却进行武装的暴动。革命没有武装，总归是不行的，一定要有武装！武装呵！但是自己没有武装怎么办呢？从什么地方才能得到武装？只有去抢敌人的营寨，只有从敌人的手里把武装抢来。

于是红色的恐怖开始了！

在二十二日的下午，在浦东，在闸北，在中国界各区域内，到处发生徒手工人袭击兵警的事实。有的地方徒手工人与警察互斗数小时之久，有的地方警察的枪械真被工人所抢去，并且有一处警察巡长被工人打死。在这些争战中，工人的勇敢的精神简直令雇用的警察惊心动魄。喂！工人真不要命！工人真不怕死！不要命，不怕死的工人当然要吓得雇用的警察们屁屎横流……

李金贵与十几个纠察队约在C路头一家茶馆内聚齐，只要一到五点半的光景，大家就向北区警察署进攻，夺取警察署的枪械。十几个纠察队腰里都暗藏着冷的兵器，有的是菜刀，有的是斧头，还有几个人揣着几块石头。但是李金贵，因为是队长，却带了一支手枪和十几粒子弹。

这一家茶馆是专门为所谓下等人开的，所以十几个工人进内吃茶，倒也不会惹人注意。大家在茶馆内都不准谈关于什么政治上或军事上的话，只都默默地坐着，各吃各的茶，似乎相互间没有什么关系的样子。大家一边吃着茶，一边想着：他们也不知已经有防备了没有？……这菜刀倒可以一下子将脑袋砍去半个！……这斧头是劈好些呢，还是用斧头背砸好些？……我一石头就可以要一个狗命！……糟糕！我长这么大还没曾放过枪呢。我就是抢到枪时也不会放，这倒怎么办呢？……大家你想你的，我想我的，各有各的想法，但目的却是一样的：把警察署长打死，把枪抢来，好组织武装的工人自卫军。

李金贵抱着热烈的希望：倘若今天暴动能够成功，倘若我们今天能抢得许多枪械，那吗我们可以将李普璋捉到，可以组织工人自卫军，可以把上海拿到我们的手里……呵呵，这是多么好的事情！难道说我们工人就不能成事吗？唉！中国的工人阶级真是苦得要命！真是如在地狱中过生活！依我的意思，倘若我们今天能把上海拿到手里,我们就可以一搭刮子行起社会主义来,照着俄国的办法。怕什么呢?我想是可以办得到的。但是有些同志,甚至于负责任的同志,他们总是说现在还没到实行社会主义的时机,还是先要实行什么民主政治,还是要……我真是大不以为然!怕什么呢?我看有个差不多。……北伐军?北伐军固然比较好些,但是这总不是工人自己的军队,谁个能担保他们将来不杀工人?你看,从前以拥护工农政策自豪的江洁史,现在居然变了卦,现在居然要反共?唉!这些东西总都是靠不住的!我们自己不拿住政权,任谁个都靠不住。……

李金贵平素似乎不喜欢听一般负责任的知识阶层同志这样的话:"金贵同志!请你不要性急,我们要慢慢地来,哪能够就一下子成功呢?……"他每每想道:"唉!你们老说慢慢地,你们可晓得工厂里的工人简直在坐监狱!比坐监狱更难受!我李金贵当了许多年工人,难道说还不晓得吗?能够早成功一天,他们就早一天出地狱!你们大约还是不知道他们的苦楚!倘若你们试一下子这种地狱生活的滋味,包管教你们也不说慢慢地了!……"李金贵每一想起来工人的痛苦,资本家的狠毒,恨不得一拳把现在的社会打破。这也难怪他这样!他的父亲是穷得无钱病死的;他的一个十七岁的妹妹是被工头污辱了而投水死的;至于他自己呢,被巡捕打的伤痕,被工头所吐在脸上的痰痕,统统都还在留着。金贵永远忘却不了这种永世不没的侮辱!他要复仇,他要雪耻,他要打倒万恶的敌人。

金贵想着想着,忽然想起翠英来:一颗朴直的心不禁为之动了一动。她现在在做什么?也许在那里与女工们谈话?也许在开会?也许今天在家里没有出来?也许她在那里为我担心,正在想着我哭?呵!不会!绝对地不会!她真是一个好汉,居然没曾向我说一句惧怕的话,居然一点儿也没表示劝阻我的意思。呵!真难得!但是,倘若我今天有什么不幸……唉!随他去!我的亲爱的翠英呵!也许我们再没有见面的时候了!……金贵想到此处,眼睛不禁红湿了一下,心里觉着有无限的难过,但即时吃了一口茶,又镇定地忍住了。

金贵又忽然想起腰间的手枪来,遂用手摸一摸,呵,还好,还没有丢掉!若把它丢掉了,那可真是大大地糟糕!今天全靠它做本钱,若没有它,那可真是不行!……林鹤生将这一只手枪交给我,我从没试验过,也不知道到底灵不灵;若是放不响,那可真是误事呀!不,不会,绝对地不会!他既然交给我,当然是可以用的，不至于放不响。我一把把警察署长捉住，我就啪地一枪要他狗命，再放几枪，包管那些警察狗子吓得屁屎横流，跑得如兔子一样。金贵设想将枪械夺到手里的情形，不禁黑黝的面孔上荡漾起了愉快的，微笑的波纹。对于金贵，这恐怕是最愉快的事情罢？……

"金贵！你将你的表掏出来看看，到底是什么时候了？我恐怕时候已经到了。"与金贵同桌吃茶的，一个年青的工人王得才这样轻轻地向金贵说。金贵的想念被他打断了。金贵稍微吃了一惊，即时从胸前的衣袋里掏出来一只铜壳无盖的夜光表，很注意地看一下，真是到时候了。金贵立起身来向同伴们丢一个眼色，同伴们即时都会意了，遂跟在金贵的后边，一个一个地出了茶馆门。走了十几步的光景，走到一个转角上，金贵略为停了一停，点一点人数，向同伴们宣言道：

"请大家都把家伙预备好！无论谁都不可临阵脱逃！"

"谁个要怕死，谁个就不是爷娘养的！"王得才很坚决地说。

"到现在还怕死么？"

"怕死也就不敢来了。"

"……"

大家说着说着，已经来到了警察署。这时李金贵掏出了手枪，王得才拿出了斧头，朱有全握着石头，潘德发持着菜刀……各露出了各人的武器，大家的面孔上丝毫没表现出来一点儿惧色。两个守门的警察见着来势汹汹，吓得翻身就向屋里跑，金贵等这时一拥上前，将警察署的门拦住了。屋内的警察署长及几十个警察闻着讯，也即时持枪出来，在这个当儿，李金贵冷不防一个箭步跳进屋内，左手将警察署长抓住，右手向着他的肚子举起手枪来，高声喊道：

"你们现在还想反抗么？赶快将枪放下，我们好饶你们的狗命！"

李金贵将话刚说完，年青的王得才不问三七二十一，就举起斧头乱砍起来。朱有全一石头将一个警察的头击破了，倒在地下。这时警察还不敢放枪，因为署长被金贵抓着，只用刺刀乱刺。金贵看着势头不对，即连忙扣机放枪，想将署长先打死，以寒其余人之胆，不料连扣三次都放不响；众警察看着金贵的手枪是坏的，于是胆大起来了，向金贵等放起枪来。金贵的腹部中了一弹，即时倒在地上，临倒在地上的当儿，他还将手枪向着署长的面上摔去，不幸未打到署长，而落在一个警察的肩上。众人看见金贵已死，自己手中又无枪械，只得四散脱逃。潘德发被打死了，王得才肩上中一弹，躺在地下不能动。其余的人都逃脱了。警察共总死伤了五六个。王得才虽然身受重伤，但心里还明白，还能说话，他睁着他的痛得红胀起来的眼睛，向一般警察愤恨地然而声音很微弱地骂道：

"你们这一般军阀的小走狗，你们还凶什么，你们总有头掉下的时候呵！……"

王得才转过脸一看，李金贵躺在他的右边，死挺地不动，从他的腹部流出一大摊殷血来。这时王得才的心里陡然难过起来，如火烧着也似的。他渐渐地失去了知觉，在模糊的意念中，他似乎很可惜李金贵死了，——李金贵是他平生最佩服的人，是最勇敢的人，是最忠实最公道的人，是党里头最好的一个同志。……

"呵，今晚上，……暴动……强夺兵工厂……海军放炮……他们到底组织得好不好？这种行动非组织好不行！可惜我病了，躺在床上，讨厌！……"

在有红纱罩着的桌灯的软红的光中，杨直夫半躺半坐在床上，手里拿着一本列宁著的《多数派的策略》，但没有心思去读。他的面色本来是病得灰白了，但在软红色的电光下，这时似乎也在泛着红晕。他这一次肺病发了，病了几个月，一直到现在还不能工作，也就因此他焦急的了不得；又加之这一次的暴动关系非常重大，他是一个中央执行委员，不能积极参加工作，越发焦急起来。肺病是要安心静养的，而直夫却没有安心静养的本领；他的一颗心完全系在党的身上，差不多没曾好好地静养过片刻。任你医生怎样说，静养呀，静养呀，不可操心呀……而直夫总是不注意，总是为着党，为着革命消耗自己的心血，而把自身的健康放在次要的地位。这一次病的发作，完全是因为他工作太过度所致的。病初发时，状况非常地危险，医生曾警告过他说，倘若他再不安心静养，谢绝任何事情，那只有死路一条。直夫起初也很为之动容，不免有点惧怕起来：难道说我的病就会死？死？我今年还不满三十岁，没有做什么事情就死了，未免太早罢？呵呵，不能死，我应当听医生的话，我应当留着我的身子以待将来！……但是到他的病略为好一点，他又把医生的话丢在脑后了。这两天因为又太劳心了，他的病状不免又坏起来了。当他感觉到病的时候，他不责备自己不注意自己的健康，而只恨病魔的讨厌，恨世界上为什么要有"病"这种东西。

"呵，今天晚上暴动……夺取政权……唉！这病真讨厌，躺在床上不能动；不然的话，我也可以参加……"

直夫忽而睁开眼睛，忽而将眼睛闭着，老为着今天晚上的暴动设想。他深明了今天晚上暴动的意义，——这是中国工人第一次的武装暴动，这一次的暴动关系全中国工人运动的发展……他这时希望暴动成功的心，比希望自己的病痊愈的心还要切些。是的，病算什么呢？只要暴动能够成功，只要上海军阀的势力能够驱除，只要把李普璋沈船舫这些混账东西能够打倒……至于病，病算什么东西呢？

他这时只希望今晚的暴动能够胜利。

"蓬！蓬！……"大炮声。

"啪！啪！……"小枪声。

直夫正在想着想着，忽然听见炮声枪声，觉着房子有点震动；他知道暴动已经开始了。他脸上的神情不禁为之紧张一下，心不禁为之动了一动。在热烈的希望中，他又不禁起了一点疑虑：这是第一次的工人武装暴动，无论工人同志或负责任的知识阶级同志，都没有经验，也不知到底能不能成功……他忽然向伏在桌上写字的他的妻秋华问道：

"秋华！你听见了炮声没有？"

秋华，这是一个活泼的，富有同情心的，热心的青年妇人，听见她的病的丈夫问她，即转过她的圆脸来，有点惊异地向直夫说道：

"我听见了。我只当你睡着了，哪知道你还醒着！"

"我今天晚上无论如何也睡不着！你听，又是炮声！"

"大约他们现在动手了。这一定是海军同志放的炮！"

"也不知他们预备得怎样……"

"你还是睡你的罢！把心要放静些！……"

"哼，我的一颗心去抢兵工厂去了。"

秋华本拟再写将下去，但因闻着炮声，一颗心也不禁为之动起来了；又加之直夫还没有睡着，她应当好好地劝慰他，使他能安心睡去，无论如何没有拿笔继续写下去的心情了。她将笔放下，欠起身来，走到床沿坐下，面对着直夫说道：

"月娟带领几个女工到西门一带放火,也不知道现在怎样了?……呵呵!你好好地睡罢!我的先生……"

直夫沉默着,似乎深深地在想什么。

秋华这一次本要参加工作的,可是因为一个病重的他躺在床上。唉!怎么办呢?……昨天晚上在中央的会议中,老头子向秋华说道:

"秋华!你能够把直夫的病伺候好了,这就是你的一件大功劳!直夫对于党是很重要的,你可以不做别的事,只好好地看护他就得了。……"

秋华听了老头子的话,不禁感觉得一种侮辱:岂有此理!难道说女子是专门伺候男子的?难道说我的工作就只限于伺候直夫?难道说……岂有此理?老头子简直侮辱女性,简直看轻女同志,这,的确是不应当的!……直夫病了,我应当伺候他的,况且我爱他……我希望他的病赶快好,但是倘若说我的责任仅仅是限于伺候他……岂有此理!这简直是看不起我!……

秋华一方面感觉老头子的话是侮辱她,但另一方面又想道:倘若我能把直夫的病伺候得好,他能早日康健起来,呵呵,那是多么愉快的事情呵!那是多么好的事情呵!我的亲爱的直夫!我的亲爱的老师!秋华真是爱直夫到了极点!她为着直夫不惜与从前的丈夫,一个贵公子离婚;她为着直夫不顾及一切的毁谤,不顾及家庭的怨骂;她为着直夫情愿吃苦,情愿脱离少奶奶的快活生涯,而参加革命的工作;她为着直夫……呵呵,是的,她为着直夫可以牺牲一切!

秋华爱直夫,又敬直夫如自己的老师一般。这次直夫的病发了,她几乎连饭都吃不下,她的丰腴的,白嫩的,圆圆的面庞,不禁为之清瘦了许多。今天她本欲同华月娟一块儿去参加暴动的工作,但是他病重在床上,又加之老头子那般说,又加之自己也的确不放心……秋华不得已,只得在家里看护病的直夫。

秋华这时坐在床沿上,一双圆的清利的眼睛只向直夫的面孔望着;她明白这时直夫闭着眼睛不是睡着了,而是在沉思什么。她不敢扰乱他的思维,因为他不喜欢任何人扰乱他的思维。秋华一边望一边暗暗地想道:

"这个人倒是一个特别的人!他对于我的温柔体贴简直如多情的诗人一样;说话或与人讨论时,有条有理,如一个大学者一样;做起文章来可以日夜不休息;做起事来又比任何人都勇敢,从没惧怕过;他的意志如铁一般的坚,思想如丝一般的细。这个人真是有点特别！……他无时无地不想关于革命的事情……"

月娟日里已与几个女工看好了易于放火的地点，这是C路背后一处僻静的地方，有几间低矮的草房。月娟看好了，以为这是最易于放火的地点，但是在别一方面想道：这几间草房里住的是穷人，倘若把它烧了，那岂不是害了他们？我们是为着穷苦人奋斗的，现在我来烧穷苦人的房子，这未免有点不忍罢？……唉！这又有什么办法呢？为着革命的成功，为着多数人的利益，也只有任着极少数人吃点苦了。如果这一次暴动成功后，如果能把李普璋打倒，我一定提议多多地救恤他们，不然的话，我的良心的确也过不去。……呵呵，是的，为着多数人利益的实现，少不得少数人要受一点痛苦的！

月娟稍微犹疑了一下，也就忍着心决定了。

时已是晚上七点钟的光景了，因为在大罢工的时期中，全市人于惊慌的状态，晚上的行人比平常要稀少一倍。月娟与两个年轻的女工（还有其他的几个女工从别的路走向目的地）手持着燃料等物，偷偷地，小心翼翼地顺着僻静的路，走向预备放火的地点。月娟一边走着，一边想着，呵呵，倘若今天晚上能够成功，倘若我能把我的工作完成，这是多么愉快的事呵！真的，这是再愉快没有的！我们将统治上海，我们将要令帝国主义者，军阀，资本家看一看我们穷人的力量。我们组织革命的市政府，我们的党得领导一切的革命运动。至于我呢，我将指挥一切妇女运动的事情。……月娟的全身心充满着热烈的希望，只希望明天的上海换一换新的气象。

"嗵！嗵！啪！啪！……"月娟听见炮声和枪声了，月娟知道他们在动作了。

"你们听见了么？"月娟回头向在她后边走的两位青年女工说。

"听见了。"

"我们走快一点罢，恐怕慢了来不及。"

"是的，我们应当走快一点！"

她们三人加快脚步，正走到S巷一个转拐的当儿，忽然迎头碰着了两个巡街的警察，糟糕的很！这两位荷枪的警察见着她们行色匆匆，各人手中都持着什么东西，不禁起了疑心，大声喝道：

"你们往哪里去？干什么的？"

警察不容分说，即上前来夺看她们手中的东西。这时一个手提煤油壶的青年女工见着势头不对，即把煤油壶向一个警察的脸上掼去，不料警察躲让得快，没有掼中，砰然一声落在地上，所有的煤油都流出来了，弄得煤油气令人难闻。别一个女工手中拿的是一个包子，她却把又一个警察的脸部打伤了。月娟意欲上前夺取警察的枪械，可是警察已经鸣起警笛来了，大家只得以逃跑为是。幸而是晚上，又加之这个转拐儿没有电灯，月娟三人得以安全逃脱，没有受伤。

事情是失败了，这真是糟糕的很！怎么办呢？没有办法！月娟跑到T路似觉没有危险的时候，才停住喘一喘气。回头一看，只有一个女工了，别一个女工却不知道跑到什么地方去了。月娟这时真是又羞又愤，说不出心中的情绪是什么样子。唉！糟糕！实指望能够达到目的，实指望能够……但是现在，现在完了！火放不着倒不要紧，可是莫不要因此误了大事。若误了大事，那我华月娟真是罪该万死！现在怎么办呢？预备好的东西都失掉了，若再去预备，已经是来不及了。唉！真是活气死人！……

现在到什么地方去呢？月娟定神一看，即时知道了这是秋华住的一条马路，秋华的住所就在前边，不远。月娟这时没有地方好去，遂决定到秋华的家里来。

这时秋华坐在床沿上，两眼望着直夫要睡不睡的样儿，心里回忆起她与直夫的往事：那第一次在半淞园的散步，那一日她去问直夫病的情形，那在重庆路文元坊互相表白心情的初夜，那一切，那一切……呵，光阴真是快呵！不觉已经是两年多了！抚今思昔，秋华微微地感叹了两声。秋华与直夫初结合的时候，直夫已经是病得很重了。但是到了现在，现在直夫还是病着，秋华恨不得觅一颗仙丹即时把直夫的病医好起来！秋华不但为着自己而希望直夫的病快些好，并且为着党，为着革命，她希望他能早日健全地工作起来。呵呵，他是一个很重要的人，他是一个很宝贵的人！……秋华想到此地，忽听见有人敲门，遂欠起身来，轻轻地走下楼来问道：

"是谁呀？"

"是我，秋华！"

"呵呵！……"

秋华开门放月娟等进来，见着她俩是很狼狈的样子，遂惊异地问道：

"你们不是去……怎样了？"

"唉！别要提了！真是恨死人！……"

"究竟是怎么一回事？呵，上楼去再说罢！"

秋华等刚上楼还未进直夫房子的时候，直夫已经老远问起来了：

"是谁呀，秋华？"

"直夫，是我，你还没有睡吗？"

"呵呵，原来是你，事情怎样了？"

月娟进到房内坐下，遂一五一十地述说放火的经过。直夫听了之后，长叹一声：

"糟糕！"

"这也是没办法的事情！"秋华插着说。

"你们晓得吗？我在这里睡在床上，听外边放炮放枪的情景，我感觉得今晚一定是不大妥当的。唉！没有组织好，少预备，……"

室外远处还时闻着几声稀少的枪声，室内的几个人陷入极沉默的空气中。月娟觉得又羞又愤，本欲向大家再说一些话，但是再说一些什么话好呢？

第五章

当李金贵在茶馆里想起邢翠英的时候，即是在杨树浦开工人大会，邢翠英向工人演说的时候。男工和女工聚集了有五六千人，群众为一股热血所鼓动，如狂风般地飞腾。在群众的眉宇上，可以看出海一般深沉的积恨，浪一般涌激的热情。

杀李普璋！杀沈船舫！

打倒军阀！

打倒帝国主义！

工人有结社，集会，言论的自由！

大家团结起来！

不自由，毋宁死！……

呵呵！请你想想，在黑暗地狱过生活的上海工人，他们是如何地痛苦！他们要求解放的心情是如何地迫切！帝国主义者的铁蹄，军阀的刀枪，资本家的恶毒，……呵呵！这一切都逼着被压迫的上海工人拼命为争自由而奋斗。是的，不自由，毋宁死，上海的工人所要求的不是免死，而是一点人的自由！……

会场是K路头一块广大的土场，会场内没有一点儿布置，连演说台都没有。会场内有一座二尺多高的小土堆，演说的人立在小土堆上；谁个愿意跑上说几句，谁个就跑上说几句，没有任何的议事日程。这一次的集会完全是偶然的，因为罢工了无事做，起先少数人集合在会场内讨论事情，后来越聚越多，越多越热烈。这个说"走，我们去开会去"；那个说"走，我们去开会去"；如此，就开了一个群众大会。只听见一片喧嚷声；这个喊一句"杀李普璋"，那个就和一句"枪毙沈船舫"；这个喊一句"打倒军阀"，那个就和一句"打倒帝国主义"……跑上土堆的演说者，有的说了几句不明不白地就下来了；有的高声喊了几句口号；有的跑上去本想说几句话，但不知因为什么一句话也说不出来。

"邢翠英呢？请邢翠英说话，她会说。"有一个工人这样地喊着。

"呵呵，是的，请邢翠英说话。邢翠英！"别一个工人附议。

"呵呵，邢翠英来了！"

"……"

果然，邢翠英从一群女工中走出来了。邢翠英登上土堆了。邢翠英这时的打扮当然与其他女工一样，没有什么特出的地方。头发蓬松着，老蓝布的旗袍，黑黑的面孔，一切一切，真的，没有什么出色的地方。但是，请你看一看她那一双发光眼睛！请你看一看她那说话时的神情！请你听一听她那说话的内容！……当她一登土堆时，群众的喧哗即时寂静下去了。她稍微向四外一看之后，即开始向群众说道：

"在上海惟有我们工人最吃苦头，吃的不好，穿的不好，简直连牛马都不如。处处都是我们的敌人，什么帝国主义者啦，军阀啦，资本家啦，那温啦，包打听啦……你们看看我们的敌人该有多少呢！现在我们大家应当齐起心来，团结得坚坚固固地才行，才能同敌人奋斗；不然的话，一人一条心，十人十条心，我们工人虽多，可是永远要吃苦头的。我们要齐心，我们要坚持到底……"

邢翠英说到此处，群众都兴奋地高声喊起来：

"我们要齐心！我们要坚持到底！"

"谁个要不齐心，谁个就不是爷娘养的！"

"请别要吵，听她说好罢？乱叫什么呢？"有一个年老的工人这样地生着气说。

忽然会场的西南角喧嚷起来了：

"呵！工贼，小滑头，捉住！"

"在哪里呀？"

"别让他逃跑了！"

"哼！今天你可要倒霉了！你想逃命是万万不能的！"

"……"

这一种纷乱的喧哗声打断了邢翠英的演说。翠英定神一看，几位工人拖住了一个人，蜂拥地走向演说台子这边来。翠英起初莫名其妙，甚为惊异，及这个人拖到跟前时，仔细地看一看，他原来是工贼绰号叫小滑头的，不禁心中大喜。呵呵！原来是他！原来是巡捕房和资本家的小走狗！原来是专门破坏工会，陷害工人的工贼！原来是有一次要强奸我的混账东西！……呵呵！你也有今日！今日我教你看一看我们的厉害！……这时大家你说一句，我说一句，有的主张把他一刀一刀地割死，有的主张把他活活地打死，有的主张把他拖到粪池里淹死，有的主张把他用火烧死……结果，首先捉住小滑头的一位工人说道：

"我在他身边搜出一支手枪来，这支手枪大约是他用来对付我们的，以我的主张，现在我们可以用他自己的手枪将他枪毙，给他一颗洋点心吃一吃。你们看好不好？"

翠英见大家争议不休，遂向大家宣言道：

"大家这样乱叫，到底也不知从谁个的主张好些。我现在来表决一下，请大家别要再叫了，好好地听清楚！赞成将小滑头枪毙的请举手！"

"呵呵！赞成！赞成！"

"枪毙小滑头！"

"呵！多数！枪毙小滑头！但是谁个动手呢？"

"我来，我来，让我来！"

"你不行，让我来！"

"还是让我来罢！"

"喂！别要闹！我看还是让王贵发动手罢，他的胆子大些。"

"赞成！……"

这时年轻的，英气勃勃的，两眼射着光芒的王贵发将手枪拿在手里，即大声嚷道：

"请大家让开，我来把他送回老家去，包管他此后不再做怪了！"

穿着包打听的装束——戴着红顶的瓜皮帽，披着大氅——的小滑头，这时的面色已吓得如白纸一般，大约三魂失了九魄，不省人事了。大家让开了之后，两个工人在两边扯着他的两只手，使他动也不能动。说时迟，那时快，王贵发将手枪举好，对着他的背心啪啪地连放两枪，扯手的两位工人将手一放，可怜小滑头就魂归西天去了。工人们见着小滑头已被枪毙，即大鼓起掌来，无不喜形于色，称快不置。惟有这时翠英的心中忽然起了一种怜悯的心情：好好的一个人为什么要做工贼呢？当他破坏工会陷害我们的时候，大约没曾想到也有今日。唉！小滑头呵！你这简直是自己害自己！……

真的，小滑头真是做梦也没做到有今日这么一回事！他的差使是专探听工人的消息，专破坏工人的机关。他领两份薪水，资本家当然需要他，即使巡捕房也要给他钱用。呵呵，真是好！差使这么容易，薪水又这么多，真是再好没有的勾当！可以轧姘头，可以逛窑子，可以抽鸦片烟，有的是钱用。呵呵，真是好差使！陷害几个工人又算什么呢？越陷害得多越有钱用，越可以多抽几口鸦片烟！真的，小滑头以为自己的差使再好没有的了。这几天之内，他接连破坏了四个工会，致被捕的有十几个工人。今天他的差使又到了：工人在会场内集会，这大约又有什么事情罢，且去看一看！看一看之后好去报告，报告之后好领赏！……但是糟糕的很！小滑头刚挤入群众中，欲听邢翠英说些什么，不料被眼尖的几个工人认得了，于是乎捉住！于是乎大家审判！于是乎枪毙！工人公开地枪毙包打听，这是上海所从来没有的事，小滑头又哪能料到今天死于群众的审判呢？

"天不早了，我们大家散会罢！"邢翠英向大家高声喊着说。大家听了邢翠英的话，遂一哄而散了。当巡捕闻讯赶来拿人的时候，会场内已无一个工人的影子，只有直挺挺地躺着一个面向地的尸首。

"为什么还不回来呢？莫不是？……这枪声，这炮声，也许他现在带领人去攻打龙华去了？警察署也不知抢到了没有？……"

翠英斜躺在床上，一颗心总是上上下下地跳动。往日里金贵也有回来很晏的时候，也曾整夜地不回来，翠英总没有特别为之焦急过。但是今天晚上，这一颗心儿总是不安，总是如挂在万丈崖壁上也似的。翠英本想镇定一下，不再想关于金贵的事情，但是这怎么能够呢？翠英无论如何不能制止自己的一颗心不为着金贵跳动！翠英忽而又悔恨着：我今天为什么不要求同他一块儿去呢？我又不是胆小的人，我也有力气，我难道说不如男子吗？我为什么不同他一块儿去？如果我同他一块儿去，那吗我俩死也死在一起，活也活在一起，这岂不是很好吗？是的，我应当同他一块儿去！但是现在，真急人！也不知他是死还是活！唉！我为什么不同他一块儿去呢？……

且拿一本书看看！翠英无奈何伸手从桌子上拿一本《共产主义的ABC》，

欲藉读书把自己的心安一安。"资本主义的生产方法……资本的集中与垄断……剩余价值……"糟糕的很！看不懂！什么叫做生产方法，集中，垄断？这剩余价值……唉！弄不清楚！……这时翠英微微地叹了一口气，想道：可惜我没进过学堂！可惜我没多读几年书！如果我能够看书都懂得，呵呵，这是多么好的事情呵！史兆炎同志送我这一本书教我读，向我说这一本书是怎样怎样地好。唉！他哪里知道我看不大懂呀？我的文理太浅呀？……没有办法！明天华月娟来的时候，一定要求她向我解释，详详细细地解释。她一定是很高兴向我解释的。她真是一位好姑娘！那样的和蔼，那样的可爱，那样的热心，呵，真是一位好的姑娘！如果我能如她一样的有学问……千可惜，万可惜，可惜我没好好地读过书。金贵呢？糟糕，他还不如我！我能够看传单，看通告。而他，他连传单通告都弄不清楚。如果他也进过几年学堂，那吗做起事情来，有谁个赶得上他呢？

　　翠英想着想着，把书扔在一边，不再去翻它了。没有兴趣，反正是看不懂。翠英虽然在平民夜校里读过半年多的书，虽然因为用功的原故也认识了很多的字，虽然也可以马马虎虎地看通告，但是这讲学理的书，这《共产主义的ABC》，翠英未免程度太浅了！至于金贵呢，他几乎是一个墨汉。他很明白工人团结的必要，阶级斗争之不可免及资本制度应当打倒等等理论，但是他所以能明白这些的，是由于他在实际生活中感觉到的，而不是因为他读过马克思的《资本论》或列宁的《国家与革命》。如果他李金贵，如果她邢翠英，能够读这些书；呵，那吗你想想，他俩将成了什么样子！……

　　"噬啪"的炮声和枪声又鼓动了她关于金贵的想念：也许他现在带领着人正向龙华攻打？也许将要把龙华占住了？……呵呵，倘若今夜能够成功，那吗明天我们就可以组织革命的市政府；我们一定要把一切走狗工贼重重地处治一下。翠英想到这里，杨树浦会场上枪毙小滑头的情形不禁重新涌现于脑际了。翠英不禁安慰地微笑了一笑，这个混账东西也有了今日！那一年他当工头的时候想强奸我，幸亏我的力气还大，没有被他污辱。唉！他该污辱了许多女工呵！真是罪该万死的东西！近来他专门破坏我们的工会，几个很好的工人同志都被他弄到巡捕房里去了。今天他也不知发了什么昏，又来到会场内做怪，大概是恶贯满盈了！呵，用他自己的手枪把他枪毙了，真是大快人心的事情呵！

　　但是金贵今天晚上到底是怎样了呢？也许有什么不幸？唉！我真浑蛋！我

为什么不同他一块儿去呢？死应当在一块儿死，活应当在一块儿活！……

翠英这一夜翻来覆去，一颗心总系在金贵的身上，无论如何睡不着。

早晨六点钟的光景，卖菜的乡人还未上市，永庆坊前面的小菜场内寂无一人。雨是沙沙地下着。喧哗的上海似乎在风雨飘零的梦里还没醒将过来。这时没有带雨具的华月娟光着头任着风雨的吹打，立在邢翠英住的房子的门前，神色急促地敲门！

"开门！开门！"

翠英一夜没睡，这时正在合眼入梦的当儿。忽又被急促的敲门声所惊醒了。好在翠英昨晚临睡时没有解衣带，这时听着敲门，即连忙起来将门开开一看：

"我的天王爷！你是怎么啦？大清早起你就浑身淋得如水老鸹一样！你这样也不怕要弄出病来吗？……"

奇怪的很！月娟本是预备来向翠英报告金贵死难的消息，——呵！一个很不幸的消息！——却不料这时见了翠英的面，连一句话也说不出来。她进屋来坐下，只呆呆地两眼向着翠英望，把翠英望得莫名其妙。月娟今天早晨是怎么啦？难道说疯了不成？为什么弄成了这个怕人的样子？……

"月娟！你到底是怎么一回事呀？请你说个明白！我的天王爷！"

月娟并没有发疯！她这时见着翠英的神情，心中如火烧也似的难过。她本想即时将金贵死难的消息报告翠英；但是转而一想，难道说这种不幸的消息能报告她吗？她听了之后岂不是要发疯吗？她的心岂不是要碎了吗？呵呵，不可以，不可以使她知道！但是她终久是要知道的，哪能够瞒藏得住呢？……翠英的心没碎，而月娟的心已先为之碎了！月娟真是难过的很，她找不出方法来可以使翠英听到了消息之后不悲痛。

"你还不知道吗？"月娟说出这句话时，几乎要流出眼泪来。

"我还不知道什么呀？月娟！"翠英即时变了色，她已经猜着有什么大不幸的事件发生了。她惊恐起来了。

"金贵昨日下午在警察署被……打……打死了！"月娟这时已经忍不住要呜咽起来了。翠英没有等月娟的话说完，即"哎哟"一声吐了一口鲜血，晕倒在床上，不省人事。月娟这一吓却非同小可，连忙伏在翠英的身上，将她的头抱着，哭喊道：

"翠英！翠英！我的亲爱的翠英！你醒醒来呀！"

翠英在月娟的哭喊中，慢慢地苏醒过来。她将眼睛一睁，见着月娟的泪面，又忆起适才月娟所说的话，不禁放声痛哭起来。月娟见她已苏醒过来，心中方安静一点，便立起身来，在翠英的身边坐着。月娟本想说一些安慰的话，使翠英的悲痛略为减少一点；但说什么话好呢？什么话可以安慰这时翠英的痛苦的心灵？月娟只得陪着翠英痛哭，只得听着翠英痛哭。大家痛哭了半晌，最后还是月娟忍着泪说道：

"翠英！我知道你是很悲痛的。不过你要晓得，金贵是为着革命死的，这死的也值得。况且我们又都是革命党人，哪能像平常人一样，就一哭算了事呢？我想，我们的工作还多着呢。我们应当好好地奋斗，为死者报仇才是！……"

翠英听了月娟的话，也就忍住不哭了。她向月娟点一点头，肯定地说道：

"是的，月娟！我们要为死者报仇，尤其是我！我不替金贵报仇，我就枉与他做了一场恩爱的夫妻。是的，月娟！我要报仇，一定地，一定地……"

"呵，我的全身都湿透了，我要回去换衣服去，真别要弄出病来才好呢。"月娟忽然觉得全身被湿气浸得难受，便立起身来要回去。翠英也不强留她。在她刚走出门的当儿，翠英忽然问道：

"月娟！你看我邢翠英怕死么？"

"你当然不是怕死的人！"月娟回过头来，向翠英看了一眼，见着她脸上表现着微笑的神情，不禁心中怀疑起来，捉摸不定。翠英接着又问一句：

"你将来还记得我邢翠英么？"

这一句话更弄得月娟莫名其妙了！为什么她糊里糊涂地向我说这些话来？难道说她现在心中打了什么主意？自杀？不会！绝对地不会！她不是这样没见识的人。但是她究竟为什么要向我说这些话呢？奇怪！……月娟越弄得怀疑起来了。但是同时又不得不回答她：

"翠英！我无论何时何地都是不能忘记你的！"

"那吗就好！再会罢！"

翠英说了这两句话就把门关上了。怀疑不定的月娟本想再问翠英一些话，但是一片木板门却把翠英的身影隔住了。

月娟走了之后，翠英在屋里简直如着了魔的样子。忽而将壁上挂着的她与金贵合拍的小照取下来狂吻一番；忽而将牙齿咬得"吱吱"地响；忽而向床上坐下，忽而将两脚狠狠地跺几下，忽而将拳擂得桌子"咚咚"地响，忽而……总而言之，翠英直如着了魔一样。

翠英这时两眼闪射着悲愤的光，但并不流泪了。她这时并不想别的，专想的是报仇。呵呵！我应当报仇！我应当为我的亲爱的丈夫报仇！我应当为世界上一个最好的人报仇！我应当为一个最忠实的同志报仇！反正你死了，我不能再活着！我的亲爱的金贵呵！你等一等罢！你的翠英也就快跟着你来了！……

但是谁个把金贵打死了呢？谁个是金贵的仇人呢？我邢翠英应当去找谁呢？唉！一个样！反正是他们一伙——帝国主义者，军阀，资本家，小走狗！我要杀完一切帝国主义者，军阀，资本家及一切的小走狗！我把他们杀完了才称我的意！但是这个题目太大了，我现在办不到。我还是到北区警察署去罢！是的，我到北区警察署去，我去把那些警察狗子统统都杀光！都杀光了，才能消我的愤恨于万一！是的，我去杀，杀他们一个老娘子不能出气！

但是用什么家伙呢？手枪是再好没有的了，但是我没有。我去借一支来罢，但是向谁去借呢？他们看见我这种神情，一定是不会借给我的。呵呵，没有法子，我只有用菜刀！这菜刀也还不错，一下子就可以把脑袋劈成两半！我跑进去左一菜刀，右一菜刀，包管杀得他们叫我老娘！好，就是菜刀好！也许菜刀比手枪还要好些呢。

翠英把主意打定了。

翠英将菜刀拿到手里时，用手试一试口，看看它快不快。幸而菜刀的口是很快的，这使翠英高兴的了不得。我什么时候去呢？我现在就去罢？……翠英想到此处，忽而又想到，我要不要打兆炎月娟他们一声照会？我是应当打他们一声照会的罢？不然的话，他们又要说我单独行动了。不，还是不去通知他们好，他们一定是要阻拦我的，一定是不允许我的。通知了他们反来有许多麻烦，那时多讨厌呢。我现在也顾不得他们允许不允许我了，我只是要报仇呵！……

翠英将菜刀放在腰间别好，连早饭都忘掉吃，即时出门，冒着雨走向北区警察署来。这时街上已经有很多的行人了，小菜场也渐渐地喧哗起来，但翠英却没注意到这些。当她一口气跑到警察署的门口时，两个站岗的警察还没觉察到；翠英趁着他们不在意，冷不防就是一菜刀，把一个警察的脸劈去半个，登时倒在地下。别一个警察见着翠英又向自己的脸上劈来了，吓得魂不附体；简直跑也跑不动了。说时迟，那时快，翠英连劈几菜刀，也就把他送了命。这时血水溅得翠英满脸，简直变成一个红脸人了。有一个警察从门内刚一伸出脚来，见着翠英的神情，连忙回转头来跑进去，如鬼叫一般地喊道：

"不好了！不好了！一个疯女人持着菜刀将两个警察砍死了！……"

翠英本想趁胜追进去，杀他一个落花流水，无奈屋内的警察听着喊叫的声音，已经急忙预备好了，当翠英跑进屋内院子的时候，里边的警察齐向她放起枪来，弹如雨下，可怜一个勇敢的妇人就此丧命了！

就此，翠英永远地追随着金贵而去了！……

第六章

昨夜的暴动算是失败了。

林鹤生腿上中了一枪，现在躺在床上。床上铺着的一条白毯子溅满了殷红的血痕，一点一点地就如桃花也似的。他的手上的血痕已经紧紧地干凝住了，没有工夫把它洗去。伤处并不很重，林鹤生这时虽然躺在床上不能动，虽然感觉到伤处痛得难受，但他并不因此而发生一点伤感的心理。他睁着两只失望的眼睛向着天花板望，口里继续地发出悲愤的哼声。他悲愤的不是自己腿上受了伤，不是现在躺在床上不能动，而是悲愤昨夜的事情没有组织好，致不能达到成功的目的；而悲愤的是鲁正平同志做事粗莽，因为他一个人误了大事。

计划本来是预定好的：海军C舰先向龙华放炮；浦东码头预备好三百工人在一只小轮上等着，闻着炮声之后，即驶往C舰取枪械，枪械取了之后，即攻向岸上来；西门徐家汇一带埋伏起来响应。……但是当海军发难的时候，接连放了十几炮，而一等浦东的三百人也不来，再等也不见到，如此海军的同志慌起来了。不好了！出了什么乱子！计划是不能实现了！没有办法！逃跑！……于是整个的计划完全失败。这当然都是鲁正平的不是！他担任了带领这三百人的工作，而临时都不能依着计划进行。等他最后集合了六七十人的时候，而海军同志无奈何早已逃跑了。

"唉！这都是鲁正平的不是！这都是他一个人把事情弄糟了！哼！……"林鹤生越想越生气，真是气得要哭起来。他恨不得即时把鲁正平打死才能如意。倘若林鹤生腿上的伤是鲁正平无意中所打的，或是鲁正平骂他几句，或是鲁正平仅仅对于他一个人做了什么不好的事情，那吗林鹤生都可以原谅他；但是这遗误大事！但是这破坏革命！……这个过错太大了，林鹤生无论如何不能饶恕他。林鹤生想道，倘若鲁正平能够临时把那三百人预备好，倘若他能够依着计划进行，倘若他不粗心，那昨夜的暴动一定可以成功；倘若成功了，那今天是什么一种景象呢？呵！那该是多么好的一件事情呵！但是他一个人把大事弄糟了！真是浑蛋已极！可恨！……

林鹤生转而一想，这还是我自己的不是！我为什么要信任他？我为什么要提议他去担任这个工作？我为什么没有看出他不是一个能做事的人？唉！这都是我自己的不是！我自己浑蛋！想起来，这倒是我林鹤生把事情弄糟了！这次暴动算我与史兆炎同志主张最激烈了。总罢工的命令是我亲手下的，但是现在，现在这倒怎么办呢？几十万罢工的工人，男女同志牺牲了许多，而结果一点儿也没有。李普璋还是安安稳稳地坐着，帝国主义者将要在旁边皆笑。唉！这倒怎么办呢？复工？这样随便地就复工？一点儿结果都没有就复工？……唉！总都是我浑蛋！我应当自请处分！这总工会的事情我也不能再干了，我没有本事，我是一个浑蛋，我遗误了大事……林鹤生想着想着，不禁受了良心的责备，脸羞得红起来了。

"你现在怎么样了？"

林鹤生想得入迷，没有注意到什么时候，史兆炎走到他的床跟前来。他听了这一问，不禁惊得一跳，看看是史兆炎立在他的床跟前，便回答道：

"没有什么，伤处并不重。"

"痛得很罢？"

"痛不痛倒不大要紧。我觉着我现在的心痛。你想想我们这一次不是完全失败了吗？我们倒怎么办呢？我是浑蛋！都是我的不是！……"

"鹤生！你这才是胡说呢。"史兆炎向床沿坐下，拉着林鹤生的左手这样说，"为什么都是你一个人的不是呢？我呢？天下的事情有成功就有失败。事情未成功时，我们要它成功；既然失败了，我们就要找一个失败后的办法。灰心是万万使不得的！我们都自称为波尔雪委克，波尔雪委克的做事是不应当灰心的。你这样失败了一下，就灰起心来，还像一个波尔雪委克吗？"

"依你的意思，我们到底怎么办呢？"

"怎么办？还有别的办法吗？只有复工！"

"复工？这样随便地就复工么？有什么面目？"鹤生很惊异地问，似乎要欠身坐起来的样子。史兆炎很安静地回答他道：

"所谓复工并不是就停止进行的意思。我们一方面劝工友们复工，一方面我们再继续第二次的武装暴动。我们要预备好，我们要等时机，这一次所以没成功，也是因为没有组织好的原故。我即刻就召集紧急会议，讨论复工的办法。你安心养你的病罢！你要不要进医院？进医院去养比较好些罢？"史兆炎立起身来要走了。林鹤生向他摇头说道：

"不要紧，不用进医院，过几天就会好了。你又要代我多做一点事情了。唉！你的病，我真不放心！……"

"革命是需要这样的，这又有什么办法呢？……"

旧的开会的地方被法巡捕房会同中国警察厅封闭了。今天的会议室虽然如旧的会议室一般的狭小，但是已经不是旧的地方了。革命党人开会的地方，不瞒你们说，几乎一日之间要变更许多次！上海虽然这样大，房子虽然这样多，但是什么地方是革命党人经常集会的处所？没有！中国的警察，外国的巡捕，耳尖眼快的包打听，他们简直都不给革命党人能够安安稳稳地住在一个地方，而况且是经常会议室？是的，在这些天之内，戒严戒得特别凶，革命党人的行动更要特别地秘密，开会的地方当然更要时常换才对。

会场的景象还是如五日前在 W 里 S 号的前楼上一样。人数是这般地多，而地方是这般地狭小！不过这次与会的人中，有几个是前次没有到会的，而前次到会的人中，如今却缺少了几个。哪一个是前次说话最激烈的李金贵？哪一个是前次与华月娟一块儿坐在床上的邢翠英？哪一个是前次当主席的，一个貌似老头儿的林鹤生？……

"人数到齐了，我们现在就正式宣布开会。"史兆炎从地板上立起来，手里拿着一张议事日程，向大家宣布开会道："在未讨论正的问题之先，我请大家立起来静默三分钟，追悼这一次死难的同志！"史兆炎说完这几句话，脸上呈现出极悲哀极严肃的表情。众人即时都立起来，低着头，弄得全室内充满了凄惨寂默的空气。心软的华月娟这时忆起李金贵和邢翠英来，不禁哽哽地哭起来了。

"好，大家坐下罢！"史兆炎看了表向大家宣布三分钟满了，大家又重新默默地坐下，"这次最可痛心的，是死了我们两位最忠实，最有力量的同志——李金贵同志和邢翠英同志。我们失了这两位好的同志，这当然是不可以言语形容的损失；但是这又有什么办法呢？我们只有继续他们的工作，踏着他们所走过的血路，努力将我们敌人打倒！……"

唉！讨厌！史兆炎说到此处又咳嗽起来了。他的黄白色的面庞，又咳嗽得泛起了红晕。这时坐在他旁边的华月娟两只眼睛只看着他那咳嗽得可怜的情形，她的一颗心真是难受极了。她真愿意代替他说话；但是她想道，我怎能代替他说话呢？他的言论可以使一切听的同志都佩服，但是我，……唉！可惜我没有他那演说的才能！如果我能够代他的劳呵，我无论什么都愿意做；但是不能！唉！你看他咳嗽的样子多么可怜呵！我的一颗心都被他咳嗽得痛了。……但是等到咳嗽稍微停止了，他还是继续地极力说将下去。

他解释这次暴动所以失败的原因。他说，这次暴动虽然没有成功，但我们从此可以得到经验，如有些同志遇事慌张，手足无措；有些同志拿着手枪不会放；有些同志平素不注意实际的武装运动，而现在却觉悟有组织的武装运动之必要了。他说，失败乃成功之母，千万别要因一时的失败而就灰了心。他说，我们现在只得复工……

"怎么？复工？一点儿结果都没有，就这样随随便便地复工？"忽然一个年青的工人起来反对史兆炎的主张。史兆炎向他看了一看，遂和蔼地向他说道：

"请你坐下，别要着急，听我说。所谓复工并不是说工一复了，什么事情都就算完了。不，我们还是要继续地干下去。不过现在北伐军还不知什么时候才能够到上海来，我们究竟是很孤立的，不如等待时机，一方面复工，一方面仍积极预备下去。我请大家千万别要以为我们现在就这样复工了，似乎面子过不过去。同志们！我们千万要量时度势，切不可任着感情干下去！我们宁可暂时忍一忍，以预备将来，绝对不可为着面子问题，就不论死活硬干下去！……"

当前次史兆炎向大家提议总同盟大罢工时，没有什么人反对他的意见，可是现在他提出复工的意见来，却有许多同志不赞成了。真的，面子要紧；这样不明不白地复了工，岂不是很难为情吗？我们的脸往什么地方送呢？被捕的同志又怎么办呢？不，绝对地不可以复工！面子要紧哪！……有几个工人代表表示无论如何，不愿意复工。史兆炎这时真是着起急来了：看现在的形势非复工不可，非复工不可以结束，而他们不愿意复工，这倒怎么办呢？……史兆炎费了九牛二虎之力，这样一解释，那样一解释之后，才把主张不复工的同志说妥，表示不再反对了。

"那吗就决定明天上午十时一律复工。"史兆炎说到此地，正欲往下说的时候，忽然又有一个工人同志立起来说道：

"我对于复工不复工没有什么大意见，我以为复工也可以，可是我要向区委员会要求一件事，就是我们工人受工贼和包打听的害的太多了，区委员会要允许我们杀死几个才是。"

"呵呵，黄阿荣同志说的对，我们一律赞成！"有几个工人表示与提议的黄阿荣同意。史兆炎这时又咳嗽起来了，只点头向大家表示同意，等到稍微安静一下，遂断续地向大家说道：

"关于这件事……要……组织一个……一个特别委员会……"

华月娟立起来很低微地向史兆炎问道：

"我们可以散会了吗？"

史兆炎点一点头，表示可以散会的意思。华月娟这时真是不愿意会议再延长下去了，因为她看着史兆炎的样子，实在没有再多说话的可能了。

史兆炎现在真是应当休息了！这几天他简直一天忙到晚，简直有时整夜不睡觉。就是一个平常身体强健的人，也要劳苦出病来了，而况且史兆炎是一个身体衰弱的人，是一个有肺病的人。但是史兆炎几乎不知道休息是什么一回事，还是跑到这个工会去演讲，跑到那个工会去报告；一方面向群众解释这一次运动失败的原因，一方面使群众明了复工的意义。史兆炎的身体真是经不得这种劳苦了，他自己又何尝不感觉到这个。但是革命是需要这样的，这又有什么办法呢？史兆炎这个人似乎是专为着革命生的，你教他休息一下不工作，那简直如劝他不吃饭一样，他无论如何是办不到的。

史兆炎的身体究竟不是铁打的。纵让史兆炎的心是如何地热烈，是如何地想尽量工作，但是病魔是不允许他的。史兆炎的肺病是很重的了，哪能这样地支持下去呢？

果然史兆炎咯血的病又发了！史兆炎又躺在床上不能动了！

昨天晚上他从纱厂工会演说了回来的时候，已经觉得不对了，浑身发烧起来，一点饭也吃不下去，无论如何再也支持不住了，只得勉强解了衣向床上躺下。他几乎咳嗽了一夜，烧了一夜，今天早晨才略微好一点，才昏昏地睡去。月娟这两天一颗心完全系在他的身上，她早想劝他暂且找一个同志代理，好休息一下，免得把病弄得太坏了；但是她知道他的脾气，不好意思劝他，又不敢劝他。月娟只是暗暗地为史兆炎担心。月娟对于史兆炎的爱情，可以说到了极高的一度，但从没向他表示过。这也是因为没有表示的机会，平素两人见面时，谈论的都是关于党的事，哪有闲工夫谈到爱情身上来呢？月娟是一个忙人，史兆炎也是一个忙人，工作都忙不了，真的，哪还谈到什么爱情的事呢？但是月娟实在是爱史兆炎，月娟实在暗暗地把史兆炎当成自己唯一的爱人。至于史兆炎呢，史兆炎也常常想道，呵，好一个可爱的姑娘！这般地勇敢，这般地忠实，这般地温和！呵，好一个可爱的姑娘！……可是史兆炎对于工作虽勇敢，而对于表示爱情一层，却未免有点怯懦了。他何尝不想找一个机会向月娟说道："月娟！我爱你。"可是他每一想到月娟的身上，不觉地脸红起来，又勉强转想道：现在是努力工作的时候，而不是讲什么恋爱的时候……

月娟无论如何不能放心史兆炎的病。前天她在会场中看见史兆炎病的样子，真是为之心痛。昨天一天她没与史兆炎见面，这使她几乎坐卧都不安。昨夜史兆炎咳嗽紧促的时候，即是月娟在床上翻来覆去睡不着，想念史兆炎病的时候。真的，月娟昨夜可以说一夜没有闭眼。她不曾晓得史兆炎已病在床上不能动了，但是她感觉得似乎有什么不幸的事情要发生的样子。

月娟住的地方与史兆炎住的地方是在一个弄堂里，而隔着几十家人家。今天清早，月娟洗了脸之后，连早饭都没有吃，急忙跑到史兆炎的住处来看他。月娟进入史兆炎的屋子时，史兆炎刚才昏昏地睡去。月娟脚步轻轻地走向史兆炎的床跟前来，想看看史兆炎的面色是什么样子；忽低头一看，痰盂内呈现着红的东西，再躬着腰仔细一看，不禁失声叫道：

"我的天王爷！他又吐了这些血呵！"

这一叫可是把史兆炎惊醒了。史兆炎睁开蒙眬的两眼一看，看见月娟呈现着惊慌的神色立在床边，不禁惊异地问道：

"你，你怎么啦？"

"我的天王爷！你又吐了血了！"

史兆炎听了这话，两眼楞了一楞，遂即将头挪到床沿向下一看，又转过脸来向月娟痴痴地望着，默不一语。这时月娟已向床沿坐下来。两人对望了两分钟，忽然史兆炎凄惨地，低微地说了一句：

"月娟！难道说我真就快死了吗？"

"你说那里话来？谁个没有病的时候呢？"月娟说完这一句话，两眼不禁潮湿起来了。她这时一颗慈柔的心，一颗为史兆炎而跳动的心，简直是痛得要碎了。

"月娟！我的年纪还轻，我的工作还有许多没有做，但是，我现在已经弄到了这个样子！……"

月娟只是望着史兆炎那一副惨白的面孔，只是在他那可怜的眼光中探听他的心灵，但是找不出话来安慰他。月娟愿意牺牲一切，只要史兆炎的病能够好。可是她这时被悲哀，痛苦，怜悯的情绪所笼罩着了，说不出安慰史兆炎的话来。史兆炎沉默了一下又继续说道：

"说也奇怪！我现在忽然莫名其妙地怕起死来了。我现在的一颗心，月娟，倘若你能听着它的跳动呵……唉！我简直说不出来我现在的心里是什么味道！我从没怕过死，但是现在，真是奇怪得很！我想起我在巴黎打公使馆的时候，与国家主义者血斗的时候，我总没怕过死。回国这两三年来，我也曾冒了许多次险，有一次在北京简直几乎被奉军捉住枪毙了，但我从没起过害怕的心理。大前天晚上有一粒子弹从我的耳边飞过，我也还不在意。但是现在，唉！现在这一颗心真是难受极了！难道说我真的就要死了吗？……"

月娟坐着如木偶一样，两眼还是痴痴地继续向史兆炎望着。史兆炎现在将脸转向床里边了。沉默了一忽，又发出更令人心灵凄惨的声音：

"我真是不愿意死！我想再多活着一些时。我觉得我年纪还轻，我不应当现在就死了！……"

月娟还是沉默着。史兆炎忽然将脸转过来，伸出右手将月娟的左手握着，两眼笔直地向月娟问道：

"月娟！我可以向你说一句话么？"

这一问可把月娟惊异着了。月娟发出很颤动的声音说道：

"你说，你说，兆炎！什么话呢？"

"唉！现在说已经迟了！……"史兆炎又失望地叹了一句。

"不迟，不迟呀！你快说！究竟是一句什么话呢？"

"我可以说一句'我爱你'吗？"史兆炎很胆怯地这样说。

"我的天王爷！你为什么现在才向我表示呢？"月娟一下扑在史兆炎的身上哭着说道："兆炎！我的亲爱的兆炎！我爱你！我爱你！我不允许你死！你的病是一定可以好的！你的生命还长着呢！……"

这时史兆炎惨白的面庞忽然荡漾起了幸福的微笑的波纹。一颗几乎要死去的心，现在被了爱水的浸润，忽然生动过来。史兆炎一刹那间把自己的病忘却了。史兆炎满身的血管为希望的源泉所流动了。史兆炎这时被幸福的绿酒所沉醉了。

"是的，我的亲爱的月娟！我的病是一定可以好的！……"

第七章

　　秋华今天清早就到浦东开会去了。直夫的病现在略微好一点，所以她能一时地离开他。直夫的病固然要紧，而对于秋华这党的工作也不便长此放松下去。秋华很愿意时时刻刻在直夫的身边照护他，但每一想到老头子的话"秋华！你能够把直夫的病伺候好了，这就是你的一件大功劳！直夫对于党是很重要的，你可以不做别的事，只好好地看护他就得了。……"心中的确有点不平。她想到，老头子都好，可是有点看不起我们女子。直夫对于党固然是很重要的，但是难道说我对于党就不重要么？难道说我的职任就在于伺候直夫的病？老头子简直岂有此理！……因为这个原故，秋华心里虽然很愿意时时刻刻不离开直夫的左右，但是一种好胜的本能使她偏偏不照着老头子的话做去。她要在同志面前表示自己的独立性来：你看，我秋华不仅是做一个贤妻就了事的女子，我是一个有独立性的，很能努力革命工作的人！……但是虽然如此，秋华爱直夫的情意并不因之稍减。

　　秋华今天可说是开了一天的会。等到开完了会之后，她乘着电车回家的时候，已经是下午四点多钟的光景了。她今天的心境非常愉快：第一，她今天做了许多事情；第二，她感觉到女工群众的情绪非常的好，虽然在暴动失败之后，她们还是维持着革命的精神，丝毫没有什么怨悔或失望的表现。她想道，呵呵，上海的女工真是了不得呵！革命的上海女工！可爱的上海女工！也许上海的女工在革命的过程中比男工还有作用呢。……真的，她常常以此自夸。第一，她自己是一个女子；第二，她做的是女工的工作。女工有这样的革命，她哪能不有点自夸的心理呢？……

　　秋华有爱笑的脾气。当她一乐起来了，或有了什么得意的事情，无论有人无人在面前，她总是如天真烂漫的小姑娘一样，任着性子笑去。当她幻想到一件什么得意或有趣的事情而莞然微笑的时候，两只细眼迷迷的，两个笑窝深深的，她简直是一个天真烂漫的小姑娘。今天她坐在电车上回忆起日间开会的情形，不禁自己又微笑起来。她却忘记了她坐在电车上，她却没料到她的这种有趣的微笑的神情可以引得起许多同车人的注意。一些同车的人看着秋华坐在那车角上，两眼向窗外望着，无原无故地在那里一个人微笑，不禁都很惊奇地把眼光向她射着。她微笑着微笑着，忽然感觉到大家都向她一个人望着，不禁脸一红，有点难为情起来。她微微有点嗔怒了，她讨厌同车人有点多事。

  电车到了铭德里口，秋华下了车，走向法国公园里来。她在池边找一个凳子坐下，四周略看一眼之后，深深地呼吸了几口气。这时微风徐徐地吹着，夕阳射在水面上泛出金黄色的波纹；来往只有几个游人，园内甚为寂静。杨柳的芽正在发黄，死去的枯草又呈现出青色来，——秋华此刻忽然感觉到春意了。秋华近来一天忙到晚，很有许久的时候没有到公园里来了。今天忽然与含有将要怒发的春意的自然界接近一下，不觉愉快舒畅已极，似乎无限繁重的疲倦都消逝了。她此刻想到，倘若能天天抽点工夫到此地来散一散步，坐一坐，那是多么舒畅的事情呵！可惜我不能够！……秋华平素很想同直夫抽点工夫来到公园内散散步，但这是不可能的事情：公园内的游人多，倘若无意中与反动派遇见了，那倒如何是好呢？直夫是被一般反动派所目为最可恶的一个人。直夫应当防备反动派的谋害，因此，他与这美丽的自然界接近的权利，几乎无形中都被剥夺了。倘若直夫能够时常到这儿来散散步，呼吸呼吸新鲜的空气，那吗或者他的病也许会早些好的，但是他不可能……秋华想到此处，忽然自言自语地说道："我今天一天不在家，也不知道他现在是怎样了，我应当快点回去看一看。是的，我不应当在此多坐了！"

  于是秋华就急忙地出了公园走回家来。

  在路中，秋华想道，也许他现在在床上躺着，也许在看小说，大约不至于在做文章罢。他已屡次向我说，他要听医生的话，好好地静养了。是的，他这一次对于他自己的病有点害怕了，有点经心了。他大约不至于再胡闹了。唉！他的病已经很厉害了，倘若再不好好地静养下去，那倒怎么办呢？……不料秋华走到家里，刚一进卧室的时候，即看见直夫伏着桌子上提笔写东西，再进上前看看，呵，原来他老先生又在做文章！秋华这时真是有点生气了。她向桌子旁边的椅子坐下，气咕咕地向着直夫说道：

  "你也太胡闹了！你又不是一个不知事的小孩子！病还没有好一点，你又这样……唉！这怎能令人不生气呢？你记不记得医生向你怎么样说的？"

直夫将笔一搁，抬头向着秋华笑道：

"你为什么又这样地生气呢？好了，好了，我这一篇文章现在也恰巧写完了。就是写这一篇文章，我明天绝对不再写了。呵，你今天大约很疲倦了罢？来，来，我的秋华，来给我 Kiss 一下！千万别要生气！"

直夫说着说着，就用手来拉秋华。秋华见他这样，真是气又不是，笑又不是，无奈何只得走到他的身边，用手抚摩着他的头发，带笑带气地问道：

"是一篇什么文章，一定要这样不顾死活地来写呢？"

"这一篇文章真要紧，"直夫将秋华的腰抱着，很温柔地说道，"简直关系中国革命的前途！这是我对于这一次暴动经过的批评。你晓得不晓得？这次暴动所以失败，简直因为我们的党自己没有预备好，而不是因为工人没有武装的训练。上海的工人简直到了可以取得政权的时期，而事前我们负责任的同志，尤其是鲁德甫没有了解这一层。明天联席会议上，我们一定要好好地讨论一下。……"

"你现在有病，你让他们去问罢！等病好了再说。"

"我现在没有病了。我是一个怪人，工作一来，我的病就没有了。"

"胡说！"

"我的秋华！你知道我是一个怪人么？我的病是不会令我死的。我在俄文学院读书的时候，有一次我简直病得要死了，人家都说我不行了，但是没有死。我在莫斯科读书的时候，有一次病得不能起床，血吐了几大碗，一些朋友都说我活不成了，但是又熬过去了。我已经病了五六年，病态总是这个样子。我有时想想，连我自己也觉得奇怪。我能带着病日夜作文章不休息。我的秋华！你看我是不是一个怪人呢？"

秋华听了他这段话，不禁笑迷迷地，妩媚地用手掌轻轻地将他的腮庞击一下，说道：

"呵！你真是一个怪人！也许每一个真正的革命党人都有一种奇怪的特点。不过像你这样的人，我只看见你一个……"

第二天下午两点钟。

在一间木器略备的形似办公室里，开始了中央与区委的联席会议。腿伤还未痊愈的林鹤生做了一个简要的关于此次暴动的报告。他报告了之后，请党与以处分，因为他承认自己实在做了许多错误。大家都很注意地听着。大家都似乎有很多的意见要发表，但没有一人决定先发言，都只向郑仲德（即秋华所称呼为老头子的）望着，似乎一定要等他先发言的样子。郑仲德这时右手撑着头，左手卷着胡子，双眉皱着，深深地在思维。在座的恐怕要算他的年纪最大了，——他的历史，他在党的地位，与他的年纪，使大家都称呼他为"老头子"。这个人具有铁一般的意志，水一般的机智及伟大的反抗性与坚忍性。他今年已经四十多岁了，而在他的革命的行为中，他始终只知道一个"干"字，从没有人听见过他说一句失望或悲观的话。他曾入过狱，然而他多入监狱一次，他的意志就多坚硬一次。现在他在上海简直不能在群众中露面，因为一露面就要被捉去。过的是秘密的，刻苦的，枯燥的（一个人不能露面，你说这种生活枯燥不枯燥？有味没有味？）生活，而他总是经常地干下去，毫不以自己的生活为没有趣味。一般帝国主义者的机关，资产阶级的报纸，及他们的走狗，天天造谣说郑仲德得了R国几百万卢比，置洋房，骗工人……或说他勾结军阀……而他总没有辩白过，其实也没有工夫来辩白这些事情。他只知道一个"干"字。他不但自己能够干，而且他的人格，他的思想，他的魄力，他的才智，他的一切能领导人家如自己一样地干，干那一般市侩所目为不值得干的事，一般帝国主义者，军阀和资本家所目为大逆不道的事。你们明白了吗？这是一个什么人？这是法国大革命时的巴伯弗，这是，也许是将来的中国的列宁……

无论遇着什么困难的问题，郑仲德只要眉头一皱，就可以想到一个解决的办法。林鹤生报告完了之后，大家向郑仲德望着，等候他先说话。但是郑仲德这时眉头虽皱着，却并没有预备先发言，因此，会场内寂默了几分钟。最后还是郑仲德感觉到寂默之可怪了，遂抬头向大家望一望，说道：

"你们为什么都不发言呢？今天这个问题很重要，大家应当详细地讨论一下才是。请大家发表意见！"

矮小的，面色黝黑的，戴着近视眼镜的鲁德甫首先发言了。他欠起身来，如在讲堂上讲功课也似的，头摇着，手摆着，浩浩地长篇大论起来。他说话是有方式的，开始总是说，这件事情或者可以如此做去，或者又可以如彼做去，天下事情原因多而结果亦多，我们总不可以呆板……他的几个"然而"一转，就可以花费一两点钟的时间。他爱先说话，又爱多说话，说起话来起码要延长二十分钟之久。大家都怕听他说话，尤其是不爱多发言的年青的曹雨林。曹雨林每一见鲁德甫立起来要发言时，便觉着头有点发痛。今天他的头又要发痛了。鲁德甫这时已经说得很久了，然而还是在那里不断地"然而"。曹雨林不禁气起来了；想道：讨厌！已经说了这么许多，还是在那里咬文嚼字的，似乎人家都不明白的样子，其实谁个不明白呢？说了这样一大篇，也不知他到底想说些什么！……讨厌！真是可以歇歇了！……

"德甫！请你放简单些！"郑仲德也不耐烦起来了。

"我们要注意每个人发言的时间！"曹雨林忍不住了。

"好！我的话就快完了。……"

真的，鲁德甫这一次，总算是很快地把自己的意见发表完了。当他停止住的时候，年青的曹雨林不禁长吁了一口气，如卸下一副重担子也似的。

接着鲁德甫而发言的有：瘦而长的易宽，架子十足的何乐佛，蓄着胡子的林鹤生，及说话不大十分响亮的华月娟。至于史兆炎呢？他现在躺在床上不能起来，——他是何等想参加这一次的会！他是何等想与诸位同志详细讨论这一次暴动的意义！但是他现在躺在床上，被讨厌的病魔缠住了。而杨直夫呢？医生说要他休息，老头子教他暂时离开工作，而秋华又更劝他耐耐性，把身体养好了再做事情。是的，直夫今天也是不能来参加这个会的。不要紧，他俩虽然不能到会，而会议的结果，自然有华月娟回去报告史兆炎，秋华回去报告杨直夫。这是她俩的义务。

大家你说一句，我说一句。有的说，这回事情未免得太早了，时机没有成熟；有的说，应当等到北伐军到上海时才动作就好了；有的说，这都是鲁正平一个人坏了事。……

郑仲德总是皱着眉头，静默地听着大家说话。

大家正在讨论的当儿，忽听见敲门声。曹雨林适坐在门旁边，即随手将门开开一看，大家不禁皆为之愕然。进来的原来是大家都以为不能到会的，应当在家里床上躺着的杨直夫！这时的秋华尤其为之愕然，不禁暗暗懊丧地叹道：

"唉，他老先生又跑来了！真是莫名其妙，没有办法！……"

秋华真想走向前去，轻轻地打他几下，温柔地骂他几句：你真是胡闹！你为什么又跑到这儿来了呢？你不是向我说过，你要听医生的话，听我的话吗？

你不是向我说过，坐在家里静养不出来吗？你为什么现在又这样子？……但是此地是会场，不是家里！在家里秋华可以拿出"爱人"的资格来对待直夫，但是在此地，在此地似觉有点不好意思罢。

"你真是有点胡闹！我不是向你说过吗？"郑仲德说着，带点责备的口气。

病体跟跄的直夫似乎没有听到郑仲德的话的样子，也不注意大家对于他的惊愕的态度，走到桌边坐下。坐下之后，随手将记录簿抓到手里默默地一看：这时大家似乎都被直夫的这种神情弄得静默住了。会议室内一两分钟寂然无声。直夫略微将记录簿看了一下，遂抬头平静地向郑仲德问道：

"会已经开得很久了罢？"

"……"郑仲德点点头。

"我是特为跑来说几句的。"

"那吗就请你说罢！"

秋华这时真是有点着急：劝阻他罢，也不好；不劝阻他罢，也不好。他哪可以多说话呢？说话是劳神的事情，是于他的病有害的，他绝对不可多说话！但是他要说话，我又怎能劝阻他呢？唉！真是一个怪人！活要命！……直夫立起身来正欲说话时，忽然感觉到坐在靠墙的秋华正在那里将两只细眼内含着的又可怜又微微埋怨的光向他射着。他不禁回头向她看了一眼，心中忽然起了一种怜悯秋华的情绪，但即时回过头来又忍压住了。他一刹那间想道，这又有什么办法呢？我要说话，我不得不说话！也许我今天的说话对于我的病是不利的，但是对于革命却有重大的意义。是的，我今天应当多说话！革命需要我多说话！……

直夫开始说话了。你听！他说话时是如何地郑重！他的语句中含蓄着倒有多少的热情！有多少的胆量！当他说话时，他自己忘记了他是一个病人。同志们也忘记了他是一个病人。真万料不到在他的微弱的病躯里，蕴藏着无涯际的伟大的精力！秋华这时看着直夫说话的神情，听着他的语言的声音，领会他的语言所有的真理，不禁一方面为他担心，而一方面感觉着愉快。呵，还是我的直夫说得对！还是我的直夫见得到！呵呵，他是我的直夫……秋华自己不觉得无形中起了矜夸的意思。

他说："总罢工，事前我们负责同志没曾有过详细的讨论与具体的计划。"他说："在总罢工之后，本应即速转入武装的暴动，乘着军阀的不备，而我们的党却没想到这一层，任着几十万罢工的工人在街上闲着，而不去组织他们作迅速的行动；后来为军阀的屠杀所逼，才明白到非武装暴动不可，才进行武装暴动的事情。可是我们还有一部分负责的同志对于武装暴动没有信心，等到已经议决了要暴动之后，还有人临时提议说再讨论一下，以致延误时机。这在客观上简直是卖阶级的行为！……这一次的失败大部分是因为我们的党没有预备好，也可以说事前并没有十分明白上海的工人群众已经到了武装夺取政权的时期。……现在我们应当怎么办呢？我们应当一方面极力设法维持工人群众的热烈的反抗的情绪，一方面再继续做武装暴动的预备。我们应当把态度放坚决些，我们再不可犯迟疑的毛病了！……"

直夫说完话坐下了。他的面色比方进屋时要惨白得多了。当他说话时，他倒不觉得吃力，等到话一说完时，他呼呼地喘起气来。他累得出了一脸冷汗。可怜的秋华见着了他弄得这种神情，不禁暗暗地叫苦。她想道，他今天累得这个样子，又谁知他明天要变成了什么样子呢？哼！没有办法！……郑仲德听了直夫的一篇话，不禁眉头展舒开来了，不禁脸上呈现着笑色了。他点一点头，向大家说道：

"直夫的意见的确是对的！……"

静默的曹雨林回过脸来，向与他并坐在一张长凳子上的秋华轻轻地说一句：

"还是直夫好！"

秋华很愉快地向他笑了一笑。

这两天报纸上充满了暗杀的消息：

> S纱厂工头王贵荣昨晨行经W路口，正行走时，忽来两个穿短衣的，形似工人模样，走上前来将他用手枪打死。巡捕闻着枪声驰来，凶手已跑得无影无踪了。闻该工头素为工人所不满，此番或系仇杀云。
>
> 宁波人张桂生为Y纱厂稽查，昨日傍晚回家，途中忽遭人用手枪狙击，共中两枪，受伤颇重，恐性命难保。闻凶手即时逃脱云。
>
> ……

林鹤生今天早晨起床，拿起报纸一看，看到本埠新闻栏内载着这些消息，心中说不出有如何的愉快，他那使他老相的八字胡为愉快所鼓动得乱动起来。呵呵！鲁正平在工作了！鲁正平在忏悔了！鲁正平在努力以赎前愆了！这样倒还好！……林鹤生本来是把鲁正平恨得要命的，他恨鲁正平做事粗心，恨鲁正平误了大事。但是现在，现在林鹤生饶恕他一切了。鲁正平自从受了同志们严厉的指责之后，真是羞恼得无以自容；适临时组织了一个特别委员会，他就自告奋勇担任这种工作。他说，倘若同志不允许他担任时，那他就要自杀，不愿意再活在世上了。好！你要担任，你就担任罢！不过再不可以粗心了！……果然鲁正平能够做这一种工作。你看，这两天报纸关于暗杀工贼的消息，就是他善于做这种工作的证据！这真是使林鹤生愉快的事情！林鹤生现在不但不恨他了，而并且佩服他很有本事。在实际上说，做这种事情真是不容易呵！……

  林鹤生一方面愉快，一方面又想道：倘若能够把这些东西都杀尽了，那是多么痛快的事情呵！他们该给了工人多少苦吃！他们该害死了许多工人！他们该做了许多罪恶！呵呵！杀杀杀！杀尽了才痛快！……林鹤生想到此地，不禁咬起牙齿来了。他的面色由愉快而变为严肃了。照着他这时的心情，如果能够做得到时，他将把一切人类的害马杀死而没有一点儿怜惜。

  林鹤生腿上的伤处已经好得大半了，勉勉强强地可以走路。林鹤生现在应当工作了。他本想在前日的联席会议上辞去职务，指导的职务，但是同志们不允许，并受了一番责备！大家责备他不应当灰心，责备他缺少耐性。唉！辞不掉，没有办法，只有干！好，干就干！什么时候把命干掉了就不干了！……现在林鹤生的腿伤好了，他又感觉得自己还有干的能力。他想道：我不干谁干呢？我一定要干！可惜史兆炎现在还是躺在床上！他比我的见解高，他比我有耐性，他真是一个能做事的人，可惜病了！讨厌！……林鹤生今天吃了早饭就要开工人代表会议去，在这个会议上，要讨论维持工人情绪的办法。倘若史兆炎能够参加，那是多么好的事情。但是他躺在床上，真是糟糕的很！

  林鹤生的早餐：两根油条，一个大饼，一杯开水，林鹤生匆忙地将早餐胡乱地吃下，将破的大氅披在肩上，正欲出门的当儿，忽然进来了一个人。这个人不是别人，原来是林鹤生刚才所想到的鲁正平！原来是一个面带笑容，矮小如十五六岁的小孩子一般的鲁正平。

  "呵呵，你来了。"

  "你看见这两天报纸上关于暗杀工贼的事情吗？"鲁正平笑着这样问。

"看见了。这是你的功劳呀！"

"这哪里是我的功劳呢？我不过跑来跑去为他们计划就是了。可喜的是这样地干了几下，工友们的情绪因之兴奋起来了。你现在预备到什么地方去？"

"我去开工人代表会议去。我不能够同你多说了。"

"我也去。"

第八章

  时间行走的真快呵！复工以来，又匆匆地过了半个月。

  表面的上海似乎有点变动：沈船舫李普璋的军队去了，而皮书城张仲长的军队来了；龙华防守司令部的招牌，从前写的是"五省联军上海防守司令部"，而现在却将"五省"两个字改为"直鲁"两个字了。兵士的服装也改变了一下：从前兵士戴的是西瓜式的灰色的软布帽，而现在戴的却是方圆的红边的硬布帽。是的，表面的上海的确与从前稍微有点异样；但是内里的上海呢？反动的潮流还是如从前一样地高涨着；工人群众还是感受着最残酷的压迫；一般居民还是热烈地期望着北伐军早日到来！"唉！奇怪！北伐军老是说来来来，为什么到现在还不来呢？……"真的，这真是一件很奇怪的事情！

  大家静等着，祷告着，呵呵，北伐军快点来罢！快点来罢！……忽然全上海传遍了令人惊跃的风声：北伐军已经到了新龙华了！南市已无直鲁军的影子！残余的直鲁军全数开到北火车站预备着逃跑；……呵呵！时候到了！这是上海的民众自己起来解放的时候！这是上海的民众起来夺回自由的时候！

  呵呵！你想想含泪茹苦忍气吞声的上海工人群众，他们得着了这个消息，其愉快欢欣到了什么程度！

  总同盟大罢工！

  响应北伐军！

  缴取直鲁军的武装！

  工人武装自卫！……

  真的，工人开始与军阀的残孽——溃兵，警察——斗争了。全上海的工人纠察队如风起云涌一样，到处徒手缴取警察和溃兵的武装。淞沪警察厅被工人占据了；浦东的几百直鲁兵被工人包围缴械了；各马路站岗的警察见着势头不对，大半都弃枪换装逃跑了；各区警察署都变成了工人纠察队的机关……

呵呵！上海到此时真是改变了面目！耀武扬威的大刀队哪里去了？凶如虎狼的，野蛮的直鲁兵哪里去了？威风赫赫声势凛凛，坐汽车往来于马路的北方军官哪里去了？呵呵！上海现在的面目简直改变了！满街满路地行走着扛着枪的，破衣褴褛的工人！有的工人，大约是没有夺取着枪罢，没有枪扛在肩上，但也有斧头和锹铲之类的拿在手里。到处飘扬着青天白日满地红的旗帜！到处充满着热烈的，欢跃的，革命的空气！白色的恐怖现在变为红色的巧笑了。一刹那间，旧的，死灰的上海消逝了影子，而新的，有生意的上海展开了自己的面目。

而一般在地底下的穷革命党人呢？他们从前行走的时候，生怕被包探认着了，生怕被警察捉去了，一点儿自由都没有，可是现在却不同了。他们现在可以在街上高唱着革命歌，可以荷着枪向一般反革命派示威了。呵！你看鲁正平！这矮小如小孩子一般的鲁正平！他现在是纠察队分队的队长，他正领着几十个武装纠察队在巡街。他手持着一支手枪，雄赳赳地，简直是一位小英雄的模样。他的那一副小的常带笑容的面孔，现在简直兴奋得充满了红光。是的，他现在真是高兴。他高兴得如小孩子过新年的一个样子。

鲁正平带领着纠察队巡街，简直代替了从前的警察巡长的职务。他们正走着走着，等走到 B 路口的当儿，忽见"呜"的一声从路南头来了一辆汽车。鲁正平把手枪一举，喊一声：

"停住！"

汽车停住了。汽车又怎能不停住呢？现在是这一般人的世界了，没有办法，叫停住就得停住！

"同志们！请把坐汽车的两个人拖下来检查一下，看看是什么人。"

坐汽车的人一个是身穿狐皮袍子，蓄着八字胡的先生，一个是高大的，身穿着便服军装的军官。他俩被拖下车时已经吓得变了色，呆呆地任着纠察队搜查。

"这个人衣袋里有一个白布条子的徽章，鲁正平，你看看上面写着什么东西，我认不清楚。"一个工人将白布条的徽章递给鲁正平。鲁正平念道：

"直鲁联军上海防守司令部大刀队队长许！"鲁正平抬起头来向大家高兴地笑着说道，"呵，他原来是大刀队的队长！"

"怎么！他是大刀队的队长？"

"呵呵，那真是好极了！"这时一个手持大刀的工人李阿四走向鲁正平面前说道，"这一把是他们用过的大刀，大约所杀死的工人也不在少数，现在我们可以请这两位狗东西也尝一尝大刀的滋味。"

"好得很呵！"大家都这样地喊着。

这时围聚了许多观众，各人的脸上都呈现着一种庆幸的神情。在众人欢呼的声中，李阿四手持着大刀，不慌不忙地，走向前来将这两位被捕的人劈死了。一刀不行，再来一刀！两刀不行，再来三刀！可惜李阿四不是杀人的行家，这次才初做杀人的尝试，不得不教这两位老爷多吃几下大刀的滋味了。这时鲁正平见着这两具被砍得难看的尸首躺在地下，一颗心不禁软动了一下，忽然感觉得有点难过起来，但即时又坚决地回过来想道：对于反革命的姑息，就是对于革命的不忠实；对于一二个恶徒的怜悯，就是对于全人类的背叛。……

"啪，啪，啪，啪，啪啪啪……"北火车站的枪声。

"怎么啦！难道说北火车站现在还在打么？……"鲁正平这样惊愕地向大家还没有把话说完，忽然跑来一个工人，他气喘喘地向鲁正平说道：

"北火车站还有几百个溃兵不愿意缴械，现在打得一塌糊涂，你们赶快去帮忙！我们的人已经被打死了几个，你们赶快去！……"

鲁正平听了这位工人的报告，即时向大家说道：

"各人把枪预备好，我们就到北火车站去！"

……鲁正平与一个工人同伏在一个墙角下向着北火车站的溃兵击射。这时从北火车站射来的枪弹简直如下雨一样。机关枪的嗒嗒声连续不歇。

"喂！阿贵！我们的子弹并不多，应当看准了才放，切不要瞎放一炮！"

鲁正平话刚说完，忽然飞来一粒子弹中在他的右肩坎上。他即时"哎哟"一声躺倒在地下，枪也从手中丢下了。阿贵见鲁正平受了伤，想把他负到后边防线去，但是鲁正平这时在自己痛得惨白的面孔上含着勇敢的微笑，摇手向阿贵拒绝，低微地继续地说道：

"阿贵！你放你的枪，不必问我的事！我，我是不能活……活的了！……请你把枪放准些！好……好替我报仇！……阿贵！别……别要害怕呵！……我们终能得到最后的胜利……"

在阿贵继续向敌人射击的枪声中，鲁正平慢慢地失去了知觉。

全城的空气似乎剧变了一下。路上的行人三五成群地聚在一块，面上都欣欣然有喜色。似乎在燥热的，令人窒息的，秽浊的暗室里，忽然从天外边吹来一阵沁人脾腹的凉风，射进来清纯的曙光，顿时令被囚着的人们起了身心舒畅之感。

在早晨九点多钟的光景，在春日朝晴的新空气里，M路舞台的前面聚集了人山人海，几无隙地。舞台的两旁站立着许多工人纠察队，舞台的门口有两个人检查入场的表证，无团体的表证者不准入内。在这些络绎不绝进内的代表中，有的是商人，有的是学生，而最多的，神气最兴奋的，是短衣的男女工人。

这是上海第一个最大的舞台。在今日以前，因为受了军事戒严的影响，已经空旷着许多时候未闻着锣声了。不料今日舞台的门前忽然有这许多拥挤的群众！不料今日在这巨大的沉寂的楼厅中忽然坐得没有空位！不过楼上下所悬着的是红布书的革命的标语，而不是戏目和优伶的名单；舞台上所演的不是什么《凌波仙子》《红玫瑰》《济公活佛》……而是在讨论组织革命市政府的一幕。至于台下的观众呢？他们仔细地向台上望着，注意地听着台上人的说话。他们今天来的目的不是要看什么黑花脸进红花脸出，不是要听什么"一马离了西凉界……""杨延辉坐宫院……"而是要大家互相倾吐久欲发泄的意思，而是要大家欢畅地庆祝这革命的胜利……

在这几千个人之中，华月娟与几个女工代表坐在正厅靠左边的第二排。她的两腮今天泛着桃色的红晕，她的全副面容完全浸润在愉快的微笑的波纹里。她掉转头前望望后看看，似乎在寻找谁个也似的，其实她并不想寻找谁，而是因为她今天愉快的情绪使得她不能严肃地坐着不动，她今天真是愉快，愉快到不可言状。她看见台上主席团中间坐着的林鹤生，面带笑容的，用手卷着胡子的林鹤生，不禁起了一种莫名的感觉：难道说这工人的领袖，为军阀和帝国主义者所痛恨的人们，今天能公开地在这大庭广众中当主席？难道说我们一些穷革命党人现在也可以伸头了？曾几何时，被李普璋通缉的林鹤生现在居然能在这舞台上卷着胡子，向大家得意地微笑！呵呵！……

学生会代表宣布开会宗旨了：

"今天是第一次全上海市民代表大会。全上海被压迫的民众，尤其是我们的被压迫的工友，经过几许奋斗，才能有愉快的今日。上海的工友经过两昼夜与直鲁军的血战，牺牲了许多性命，卒能把上海的军阀打倒，这是我们所应当十二分敬佩的！……我们应当组织一个革命的市政府，把一切的政权都取到我们民众的手里来！……"

华月娟这时虽然两眼望着演说者的口动，但是愉快得心不在焉，却没听得他说些什么。她这时却想到一些别的事情来了：上海的工人真勇敢！……武装纠察队真是神气活现！这是我们的自卫军！今天我没在家，也不知兆炎的病怎样了？倘若他现在能够来此地参加开会，那他倒有多么愉快呵！倘若他能够在台上演说的时候，那是一定很惊动人的！……台上演说的人更换了几个，这个下去，那个上来。有的演说得很兴奋，很能博得听众的鼓掌；有的说话声音太低，或毫无伦次，不能引起大家的注意。但是华月娟总是在想着一些别的事情，没有听着他们说些什么。她正在默想着，默想着，忽然听见一声：

"请纱厂女工代表陈阿兰演说！"

请纱厂女工代表陈阿兰演说？主席的这一句话可是把月娟的默想打破了。月娟现在将自己的思想集到陈阿兰的身上了。她想到，万料不到这个十七八岁的女工，这个说话还带羞的小姑娘，今天能在这大庭广众中露面！能向这几千人演说！呵呵！想起来真有趣味！……这时听众听了主席的宣告，顿时都向台上注意起来：怎么？女工演说？别要闹！我们听一听女人的演说！……陈阿兰与月娟坐在一块，这是一个十七八岁的，活泼的小姑娘。她听了主席的宣告，即预备登台演说；当她离开月娟身边的当儿，月娟低声嘱咐她道：

"今天放小心点把话说好些，别要教人笑话！"

陈阿兰向月娟点一点头，笑了一笑，即走上演说台去了。当陈阿兰走上演说台时，群众似乎都惊异起来了：这简直是一个小姑娘！她居然敢上台演说！难道说她不怕吗？难道说她有这样的胆量吗？……陈阿兰初向台上一站时，脸不禁红了一红，似乎有点因惧怕而喘气的样子。她不敢即时抬头向台底下看，两只手似觉也无着处。可是稍微停了一停，她也就张开她那丹朱似的红唇的小口开始说话了。她的声音很尖嫩，但是却很响亮；全会场的注意都集于她一个人的身上，她的演说逼得大家都寂静下来了。

"我今天代表几十万的女工向大家说几句话，说得不好，请大家别要见笑。诸位晓得吗？我们女工比什么人都受压迫！我们过的简直不是人过的日子！我们的工钱的少，受资本家和工头的虐待到了什么样子，差不多你们就是想也是想不到的。我们受的痛苦实在太厉害了！当李普璋沈船舫皮书城在上海的时候，我们是有苦无处诉的。可是现在却不同了。现在我们既然把军阀赶走了，我们要组织一个革命的政府来保护我们的利益才对。……"

你听！她说的话多么明白！她说话的态度该多么从容！这么样的小姑娘居然能够这样地演说！奇怪的很！……在大家惊叹的声中，陈阿兰最后用自己的尖嫩的声音喊道：

"打倒帝国主义！"鼓掌声。

"打倒军阀！"鼓掌声。

"打倒一切工贼和走狗！"鼓掌声。

"保护女工利益！"鼓掌声。

"总工会万岁！"鼓掌声。

陈阿兰向大家轻轻地鞠了一躬，在轰动的鼓掌声中，慢慢地走下演说台了。这时的华月娟呢？华月娟的两只手掌，为着陈阿兰几乎拍得肿起来了。呵！你想想她是多么高兴呵！真的，华月娟简直高兴得忘了形！陈阿兰是华月娟平民学校的学生！老师见学生这般地令人可爱，令人可敬，这般地出风头，又哪能不高兴呢？而况且除了师生的关系，陈阿兰又是她的亲密的朋友和同志呢？

陈阿兰下了演说台，走到华月娟面前的当儿，华月娟一把把她抓到自己的怀里，将她的身子摇几摇，笑嘻嘻地，如母亲对待自己的女儿一样，向她夸奖道：

"呵呵！我的小阿兰！你今天说得真好！"

陈阿兰这时娇媚地把头伸到华月娟的怀里，反觉得有点羞涩起来了。

"哈哈！……阿哥！直夫！……哈哈！真有趣！……"

躺在床上的杨直夫听见楼梯响和这种笑声，知是秋华从外边回来了。秋华跑进屋时，一下伏倒在直夫的怀里，还是哈哈地笑得不止。直夫用手抚摩着她的剪短的头发，慢慢地，很安静地问道：

"你今天又为什么这样高兴呢？我的秋华！你快快地告诉我！"

"哈哈！我想起那两个工人的模样儿真有趣！"

"别要笑了罢！哪两个工人的模样儿呢？"

秋华忍一忍气，这才止住不笑了。她于是离开直夫的怀里坐起来说道：

"你可惜不能出去看看！那工人真有趣呢！我在民国路开会回来，遇见两个电车工人,一个扛着枪,一个没有枪扛,大约是没有抢到枪罢,将一把刺刀拿在手里,雄赳赳地神气十足!他们都似乎高兴的了不得!他俩都穿着老长老长的黑呢大衣,你想想他俩扛着枪拿着刺刀的神气,好笑不好笑呢?唉!只有见着才好笑,你就是想也想不到那种味道。"

直夫微微地笑了一下,抬起头来,两眼向上望着,似乎在想像那两个电车工人的神情。秋华想一想,又继续说道:

"总工会门前的大红旗招展得真是好看!也万料不到我们现在居然能够弄到这样呵!"

直夫不等秋华的话说完,遂一把又把她抱在怀里,很温柔地然而又很肯定地说道:

"秋华!你别要太高兴了!帝国主义者,军阀,资本家,买办阶级,一切的反动派,他们能就此不来图谋消灭我们了吗?我们前路的斗争还多着呢!什么时候我们的敌人全消灭完了,什么时候我们的目的才能达到。……"

秋华沉默着。

"秋华!"

"什么,阿哥?"

"我们来唱一唱国际歌罢!"

"好!"

> 起来,饥寒交迫的奴隶!
> 起来,全世界的罪人!
> 满腔的热血已经沸腾,
> 拼命做一次最后的战争!
> 旧世界破坏一个彻底,
> 新世界创造得光明。
> 莫道我们一钱不值,
> 我们要做天下的主人!……

野祭

书　前

　　惯于流浪的我，今年又在武汉过了几个月。在这几个月之中，若问起我的成绩来，是一点也没有的。幸而我得遇着了一位朋友陈季侠君，在朝夕过从间，我得了他益处不少。我们同是青年人，并且同是青年的文人，当然爱谈到许多许多恋爱的故事。陈君为我述了他自身所经历的一段恋爱的故事，我听了颇感兴味，遂劝他将这一段恋爱的故事写将出来，他也就慨然允诺，不数日而写成。我读了之后，觉得他的这本小说虽然不是什么伟大的制作，但现在流行的恋爱小说中，可以说是别开生面。它所表现的，并不在于什么三角恋爱，四角恋爱，什么好哥哥，甜妹妹……而是在于现今的时代，在这个时代之中有两个不同的女性。也许它所表现得不深刻，但是……呵！我暂且不加以批评，读者诸君自然是会批评的。我的责任是在于将它印行以公之于世。我本不喜欢专门写恋爱小说的作家，但是现在恋爱小说这样流行，又何妨将陈君的这本小说凑凑数呢？

一

"淑君呵！我真对不起你！我应当在你的魂灵前忏悔，请你宽恕我对于你的薄情，请你赦免我的罪过……我现在想恳切地在你的墓前痛哭一番，一则凭吊你的侠魂，——你的魂真可称为侠魂呵！——一则吐泄我的悲愤。但是你的葬地究竟在何处呢？你死了已经四个月了，但是一直到现在，你的尸身究竟埋在何处，不但我不知道，就是你的父母也不知道。也许你喂了鱼腹，或受了野兽们饱餍，现在连尸骨都没有了。你的死是极壮烈的，然而又是极悲惨的，我每一想像到你被难时的情形，不禁肝肠痛断，心胆皆裂。但是我的令人敬爱的淑君！我真是罪过，罪过，罪过呵！你生前的时候，我极力避免你施与我的爱，我从没曾起过爱你的念头，也许偶尔起过，但是总没爱过你。现在你死了，到你死后，我才追念你，我才哭你，这岂不是大大的罪过么？唉，罪过！大大的罪过！你恐怕要怨我罢？是的，我对于你是太薄情了，你应当怨我，深深地怨我。我现在只有怀着无涯的悲痛，我只有深切的忏悔……"

想起来，我真是有点辜负淑君了。但是现在她死了，我将如何对她呢？让我永远忆念着她罢！让我永远将我的心房当她的坟墓罢！让我永远将她的芳名——淑君——刻在我的脑膜上罢！如果淑君死而有知，她也许会宽恕我的罪过于万一的。但是我真是太薄情了，我还有求宽恕的资格么？唉！我真是罪过，罪过！……

二

　　去年夏天，上海的炎热，据说为数十年来所没有过。温度高的时候，达到一百零几度，弄得庞大烦杂的上海，变成了热气蒸人焦烁不堪的火炉。富有的人们有的是避热的工具——电扇，冰，兜风的汽车，深厚而阴凉的洋房……可是穷人呢，这些东西是没有的，并且要从事不息的操作，除非热死才有停止的时候。机器房里因受热而死的工人，如蚂蚁一样，没有人计及有若干数。马路上，那热焰蒸腾的马路上，黄包车夫时常拖着，忽地伏倒在地上，很迅速地断了气。这种因受热而致命的惨像，我们不断地听着见着，虽然也有些上等人因受了所谓暑疫而死的，但这是例外，可以说是凤毛麟角罢。

　　不是资产阶级，然而又不能算为穷苦阶级的我，这时正住在 M 里的一间前楼上。这间前楼，比较起来，虽然不算十分好，然而房子是新建筑的。倒也十分干净。可是这间前楼是坐东朝西的，炎热的日光实在把它熏蒸得不可向迩，——这时这间房子简直不可住人。我日里总是不落家，到处寻找纳凉的地方，到了深夜才静悄悄地回来。

　　我本没有搬家的念头。我的二房东夫妻两个每日在黑籍国里过生活，吞云吐雾，不干外事，倒也十分寂静。不料后来我的隔壁——后楼里搬来了两个唱戏的，大约是夫妻两个罢，破坏了我们寂静的生活：他们嘻笑歌唱，吵嘴打骂，闹得不安之至。我因为我住的房子太热了，现在又加之这两个"宝货"的扰乱，就是到深夜的时候，他们也不知遵守肃静的规则，于是不得不做搬家的打算了。半无产阶级的我在上海一年搬几次家，本是很寻常的事，因为我所有的不过是几本破书，搬动起来是很容易的。

　　在 C 路与 A 路转角的 T 里内，我租定了一间比较招风而没有西晒的统楼面。房金是比较贵些，然而因为地方好，又加之房主人老夫妻两个，看来不像狡诈的人，所以我也就决定了。等我搬进了之后，我才发现我的房东一家共有七口人——老夫妻两人，少夫妻两人及他俩的两个小孩，另外一个就是我所忆念的淑君了，她是这两个老夫妻的女儿。

淑君的父亲是一个很忠实模样的商人，在某洋行做事；她的哥哥是一个打字生（在某一个电车站里罢？），年约二十几岁，是一个谨慎的而无大企图的少年，在上海这一种少年人是很多的，他们每天除了自己的职务而外，什么都不愿意过问。淑君的嫂嫂，呵，我说一句实话，我对她比较多注意些，因为她虽然是一个普通家庭的妇女，可是她的温柔和顺的态度，及她向人说话时候的自然的微笑，实在表现出她是一个可爱的女性，虽然她的面貌并不十分美丽。

我与淑君初见面的时候，我只感觉得她是一个忠厚朴素的女子。她的一双浓眉，两只大眼，一个圆而大的，虽白净而不秀丽的面庞，以及她的说话的声音和动作，都不能引人起一种特殊的，愉快的感觉。看来，淑君简直是一个很普通而无一点儿特出的女子。呵！现在我不应当说这一种话了：我的这种对于淑君的评判是错误的！"人不可以貌相，海水不可以斗量"，真正的令人敬爱的女子，恐怕都不在于她的外表，而在于她的内心罢！呵，我错了！我对于淑君的评判，最不公道的评判，使我陷入了很深的罪过，而这种罪过成为了我的心灵上永远的创伤。

我搬进了淑君家之后，倒也觉得十分安静：淑君的父亲和哥哥，白天自有他们的职务，清早出门，到晚上才能回来；两个小孩虽不过四五岁，然并不十分哭闹，有时被他俩的祖母，淑君的母亲，引到别处去玩耍，家中见不着他们的影子。淑君的嫂嫂，这一个温柔和顺的妇人，整日地不声不响做她的家务事。淑君也老不在家里，她是一个小学教员，当然在学校的时候多。在这种不烦躁的环境之中，从事脑力工作的我，觉得十分满意。暑热的炎威渐渐地消退下去了，又加之我的一间房子本来是很风凉的，我也就很少到外边流浪了。

在初搬进的几天，我们都是很陌生的，他们对我尤其客气，出入都向我打招呼，——这或者是因为他们以为我是大学教授的原故罢？在市侩的上海，当大学教授的虽然并不见得有什么尊荣的名誉，然总是所谓"教书先生""文明人"，比普通人总觉得要被尊敬些。淑君对于我并不过于客气，她很少同我说话，有时羞答答地向我说了几句话，就很难为情地避过脸去停止了，在这个当儿完全表现出她的一副朴真的处女的神情。当她向我说话的时候，总是含羞带笑地先喊我一声"陈先生"，这一声"陈先生"的确是温柔而婉丽。她有一副白净如玉一般的牙齿，我对于她这一副可爱的牙齿，曾有几番的注视，倘若我们在她的身上寻不出别的美点来，那么她的牙齿的确是可以使她生色的了。

我住在楼上，淑君住在楼下，当她星期日或有时不到学校而在家里的时候，她总是弹着她的一架小风琴，有时一边弹一边唱。她的琴声比她的歌声要悠扬动听些。她的音调及她的音调的含蓄的情绪，常令我听到发生悲壮苍凉的感觉；在很少的时候她也发着哀感婉艳刺人心灵的音调。她会的歌曲儿很多，她最爱常弹常唱的，而令我听得都记着了的，是下列几句：

> 世界上没有人知道我；
> 世界上没有人怜爱我；
> 我也不要人知道我；
> 我也不要人怜爱我；
> 我愿抛却这个恶浊的世界，
> 到那人迹不到的地方生活。

这几句歌词是原来就有的呢，抑是她自己作的？关于这件事情，一直到现在我还不知道。当她唱这曲歌的时候，我只感觉得她的音调是激亢而颤动的，就同她的全身，全血管，全心灵都颤动一样，的确是一种最能感人的颤动。她的情绪为悲愤所激荡着了，她的满腔似乎充满了悲愤的浪潮。我也说不清楚我听了她这曲歌的时候，我是对于她表同情的，还是对于她生讨厌心的，因为我听的时候，我一方面为她的悲愤所感动，而一方面我又觉得这种悲愤是不应当的。我虽然是一个穷苦的流浪的文人，对于这个世界，所谓恶浊的世界，十分憎恨，然而我却不想离开它，我对于它有相当的光明的希望。……

我起初是在外面包饭吃的，这种包饭不但价钱大，而且并不清洁，我甚感觉得这一种不方便。后来过了一些时，我在淑君的家里混熟了，先前客气的现象渐渐没有了，我与淑君也多有了接近和谈话的机会。有一天，淑君的母亲向我说道：

"陈先生！我看你在外边包饭吃太不方便了，价钱又高又不好。我久想向你说，就是如果你不嫌弃我们家的饭菜不好，请你就搭在我们一块儿吃，你看好不好呢？"

"呵，这样很好，很好，正合我的意思！从明天起，我就搭在你们一块儿吃罢。多少钱一月随便你们算。"我听了淑君的母亲的提议，就满口带笑地答应了。这时淑君也在旁边，向我微笑着说道：

"恐怕陈先生吃不来我们家里的饭菜呢。"

"说哪里话！你们能够吃，我也就能够吃。我什么饭菜都吃得来。"

淑君听了我的话，表示一种很满意的神情，在她的这一种满意的神情下，她比普通的时候要妩媚些。我不知道淑君的母亲的这种提议，是不是经过淑君的同谋，不过我敢断定淑君对于这种提议是十分赞成的。也许多情的淑君体谅我在外包饭吃是不方便的事情，也许她要与我更接近些，每天与她共桌子吃饭，而遂怂恿她的母亲向我提议。……到了第二天我就开始与淑君的家人们一块儿共桌吃饭了。每当吃饭的时候，如果她在家，她一定先将我的饭盛好，亲自喊我下楼吃饭。我的衣服破了，或是什么东西需要缝补的时候，她总为我缝补得好好的。她待我如家人一样，这不得不令我深深地感激她，然而我也只限于感激她，并没曾起过一点爱她的心理。唉！这是我的罪过，现在忏悔已经迟了！天呵！如果淑君现在可以复生，我将拼命地爱她，以补偿我过去对于她的薄情。……

我与淑君渐渐成为很亲近的人了。她时常向我借书看，并问我关于国家，政府，社会种种问题。可是她对于我总还有一种隔膜，——她不轻易进我的房子，有时她进我的房子，总抱着她的小侄儿一块儿，略微瞭看一下，就下楼去了。我本想留她多坐一忽，可是她不愿意，也许是因为要避嫌疑罢。我说一句实在话，我对于她，也是时常在谨慎地避嫌疑：一因为我是一个单身的少年；二也因为我怕同她的关系太弄得密切了，恐怕要发生纠缠不可开交，——最近淑君的母亲对我似乎很留意，屡屡探问我为什么不娶亲……她莫非要我当她的女婿么？如果我爱淑君，那我当她的女婿也未始不可，可是我不爱淑君，这倒怎么办呢？是的，我应当不与淑君太过于亲近了，我应当淡淡地对待淑君。

一天下午，我从外边回来，适值淑君孤自一个人在楼底下坐着做针线。她见着我，也不立起来，只带着笑向我问道：

"陈先生！从什么地方回来呀？"

"我到四马路买书去了，看看书店里有没有新书。你一个人在家里吗？他们都出去了？"

"是的，陈先生，他们都出去了，只留下我一个人看家。"

"那吗，你是很孤寂的了。"

"还好。陈先生！我问你一个人，"她的脸色有点泛红了，似乎有点不好意思的样子，"你可知道吗？"

"你问的是哪一个人，密斯章？也许我会知道的。"

"我问的是一个著名的文学家，他的名字叫做陈季侠。"她说这话的时候，脸更觉得红起来了。她的两只大眼带着审问的神气，只笔直地望着我。我听到陈季侠三个字，不禁吃了一惊，又加之她望我的这种神情，我也就不自觉地两耳发起烧来了。我搬进淑君家里来的时候，我只对他们说我姓陈，我的名字叫作陈雨春，现在她从哪里晓得我是陈季侠呢？奇怪！奇怪！……我正在惊异未及回答的当儿，她又加大她的笑声向我说道：

"哈哈！陈先生！你真厉害，你真瞒得紧呵！同住了一个多月，我还不知道你就是大名鼎鼎的文学家陈季侠！我今天才知道了你是什么人，你，你难道不承认吗？"

"密斯章，你别要弄错了！我是陈雨春，并不知道陈季侠是什么人，是文学家还是武学家。我很奇怪你今天……"

"这又有什么奇怪！"她说着说着从怀里掏出一封信米给我看，"我有凭据在此，你还抵赖吗？哈哈！……陈先生！你为什么要瞒着我呢？……其实，我老早就怀疑你的行动……"

我看看抵赖不过，于是我也就承认了。这是我的朋友 H 君写给我的信，信面上是书着"陈季侠先生收"，在淑君面前，我就是抵赖，也是不发生效力的了。淑君见我承认了，脸上不禁涌现出一种表示胜利而愉快的神情。她这时只痴呆地，得意地向我笑，在她的笑口之中，我即时又注意到她的一副白玉般的牙齿了。

"你怎么知道陈季侠是一个文学家呢？"过了半响，我又向她微笑地问道，"难道你读过我的书吗？"

"自然啰！我读过了你的大作，我不但知道你是一个文学家，并且知道你是一个革——命——党——人！是不是？"

"不，密斯章！我不配做一个革命党人，像我这么样的一个人也配做革命党人吗？不，不，密斯章！……呵！对不起！到现在我还不知道你的芳名呢。今天你能够告诉我吗？"

"什么芳名不芳名！"她的脸又红起来了，"像我这样人的名字，只可称之为贱名罢了。我的贱名是章淑君。"

"呵，好得很！淑君这个名字雅而正得很，实在与你的人相配呢！……"

我还未将我的话说完，淑君的嫂嫂抱着小孩进来了。她看见我俩这时说话的神情，不禁用很猜疑的眼光，带着微笑，向我俩瞟了几眼，这逼得我与淑君都觉得难为情起来。我只得勉强地同她——淑君的嫂嫂——搭讪几句，又同她怀里的小孩逗了一逗之后，就上楼来了。

在这一天晚上，一点儿看书做文的心思都没有，满脑子涌起了胡思乱想的波浪：糟糕！不料这一封信使她知道了我就是陈季侠。……她知道我是革命党人，这会有没有危险呢？不至于罢，她决不会有不利于我的行为。……她对于我似乎很表示好感，为我盛饭、为我补衣服，处处体谅我……她真是对我好，我应当好好地感激她。但是，但是……我不爱她，我不觉得她可爱。……浓眉大眼，粗而不秀……我不爱她……但是她对我的态度真好！……

一轮皎洁晶莹的明月高悬在天空，烦躁庞大的上海渐渐入于夜的沉静，蒙蒙地浸浴于明月的光海里。时候已是十一点多钟了，我还是伏在窗口，静悄悄地对着明月痴想。秋风一阵一阵地拂面，使我感到凉意，更引起了我无涯际的遐思。我思想到我的身世，我思想到我要创造的女性，我思想最多的是关于淑君那一首常唱的歌，及她现在待我的深情。我也莫明其妙，为什么我这时是万感交集的样子。不料淑君这时也同我一样，还未就寝，在楼底下弹起琴来了。在寂静的月夜，她的琴音比较清澈悠扬些，不似白日的高亢了。本来对月遐思，万感交集的我，已经有了一种不可言喻的情绪，现在这种情绪又被淑君的琴弦牵荡着，真是更加难以形容了。

我凝神静听她弹的是什么曲子，不料她今夜所弹的，为我往日所从未听见过的。由音调内所表现的情绪与往日颇不相同。最后我听她一边慢弹一边低声地唱道：

  一轮明月好似我的，
  我的心儿赛过月明；

我的心，我的心呵！

我将你送与我的知音。

呵，我真惭愧！淑君的心真是皎洁得如同明月似的，而我竟无幸福来接受它。淑君错把我当成她的知音了！我不是她的知音，我不曾接受她那一颗如同明月似的心，这是她的不幸，这是我的愚蠢！我现在觉悟到我的愚蠢，但是过去的事情是已经不可挽回的了！我只有悲痛，我只有忏悔！……

夜深了，淑君的歌声和琴声也就寂然了。她这一夜入了梦没有？在梦中她所见到的是些什么？她知不知道当她弹唱的时候，我在楼上伏着窗口听着？……关于这些我都不知道。至于我呢，我这一夜几乎没有合眼，总是翻来覆去地睡不着。这并不是完全由于淑君给了我以很深的刺激，而半是由于多感的我，在花晨月夕的时候，总是这样地弄得神思不定。

三

　　从这天以后，淑君对我的态度更加亲热了，她到我楼上借书和谈话的次数也多起来了。有一次她在我的书架上翻书，我在旁边靠近她的身子，指点她哪一本书可看，哪一本书无大意思等等，在我是很自然的，丝毫没有别的念头，但是我觉得她愈与我靠近些，她的气息愈加紧张起来，她的血流在发热，她的一颗心在跳动，她的说话的声音很明显地渐渐由于不平静而紧促了。我从未看见过她有今天的这般的神情，这弄得我也觉得不自安了，——我渐渐离开她，而在我的书桌子旁边坐下，故意地拿起笔来写字，想藉此使她恢复平静的状态，缓和她所感到的性的刺激。不料我这么一做，她的脸上的红潮更加紧张起来。她张着那两只此时充满着热情的大眼，很热挚地注视了我几次，这使得我不敢抬头回望她；她的两唇似乎颤动了几次，然终于未张开说出话来。我看见了她这种样子，不知做何种表示才好，只得低着头写字，忽然我听到她叹了一声长气，——这一声长气是埋怨我的表示呢，还是由于别的？这我可不晓得了。

　　她还是继续地在我的书架上翻书，我佯做只顾写字，毫不注意她的样子。但是我的一颗心只是上下跳个不住，弄得我没有力量把它平静起来。这种心的跳动，不是由于我对于淑君起了性的冲动，而是由于惧怕。我生怕我因为一时的不谨慎，同淑君发生了什么关系，以至于将来弄得无好结果。倘若我是爱淑君的，我或者久已向她为爱情的表示了，但是我从没有丝毫要爱她的感觉。我虽然不爱她，但我很尊重她，我不愿意，而且不忍因一时性欲的冲动，遂犯了玷污淑君处女的纯洁的行为。

　　"陈先生！我拿两本书下去看了……"她忽然急促地说了这一句话，就转过身子跑下楼去了，连头也不回一下。她下楼去了之后，我的一颗跳动的心渐渐地平静下来了，如同卸了一副重担。但是我又想道：我对她的态度这样冷淡，她恐怕要怨我薄情罢？但是又有什么办法呢？我怎么能够勉强地爱她？……淑君呵！请你原谅我！

时间虽过得迅速，而我对于淑君始终没有变更我原有的态度。淑君时常故意引起我谈到恋爱问题，而我总是敷衍，说一些我要守独身主义，及一个人过生活比较自由些……一些混话。我想藉此隐隐地杜绝她对于我的念头。她又时常同我谈到一些政治的问题上来，她问我国民党为什么要分左右派，女子应否参加革命，……我也不过向她略为混说几句，因为我不愿意露出我的真的政治面孔来。唉！我欺骗她了！我日夜梦想着过满意的恋爱的生活，说什么守独身主义，这岂不是活见鬼吗？我虽然是一个流浪的文人，很少实际地参加过革命的工作，但我究竟自命是一个革命党人呵，我为什么不向淑君宣传我的主义呢？……唉！我欺骗淑君了！

我的窗口的对面，是一座医院的洋房，它的周围有很阔的空场，空场内有许多株高大的树木。当我初搬进我现在住的这间房子时，医院周围的树木的绿叶森森，几将医院的房子都掩蔽住了。可是现在我坐在书桌子旁边，眼睁睁地看见这些树木的枝叶由青郁而变为萎黄，由萎黄而凋零了。时间真是快的很，转眼间我已搬进淑君的家里三四个月了。在这几个月之中，我的孤独的生活很平静地过着，同时，我考察淑君的生活，也没有什么大的变更。我们是很亲热的，然而我们又是很疏远的，——每日里除了共桌吃饭，随便谈几句而外，她做她的事，我做我的事。她有时向我说一些悲观的话，说人生没有意思，不如死去干净……我知道她是在为着我而痛苦着，但我没有方法来安慰她。

这是一天晚上的事情。淑君的嫂嫂和母亲到亲戚家里去了，到了六点多钟还未回来，弄得晚饭没有人烧煮。我躺在楼上看书，肚子饿得枯里枯鲁地响，不得已走下楼来想到街上买一点东西充充饥。当我走到厨房时，淑君正在那儿弯着腰吹火烧锅呢。平素的每日三餐，都是由淑君的嫂嫂烧的，今天淑君亲自动手烧饭，她的不熟练的样儿，令我一看就看出来了。

"密斯章，你在烧饭吗？"

"是的，陈先生！嫂嫂不知为什么现在还没有回来。你恐怕要饿煞了罢？"她立起身笑着这样问我。我看她累得可怜，便也就笑着向她说道：

"太劳苦你了！我来帮助你一下好不好？"

"喂！烧一点饭就劳苦了，那吗一天到晚拖黄包车的怎么办呢？那在工厂里每天不息地做十几个钟头工的怎么办呢？陈先生！说一句良心话，我们都太舒服了。……"

"喂！密斯章！听你的口气，你简直是一个很激烈的革命党人了。……我们放舒服些还不好吗？……"

"陈先生！我现在以为这种舒服的生活，真是太没有味道了！陈先生！你晓得吗？我要去……去……"她的脸红起来了。我听了她的话，不禁异常惊异，她简直变了，我不等她说完，便向她问道：

"你要去，去干什么呢？"

"我，我，"她表现出很羞涩的态度，"我要去革命去，……陈先生你赞成吗？……我想这样地平淡地活着，不如轰轰烈烈地死去倒有味道些。陈先生！你看看怎样呢？你赞成吗？"

"喂！密斯章！当小姐不好，要去革命干什么呢？我不敢说我赞成你，倘若你的父母晓得了，他们说你受了我的宣传，那可是不好办了。密斯章！我劝你还是当小姐好呵！"

"什么小姐不小姐！"她有点微怒了，"陈先生！请你别要向我说这些混话了。人家向你规规矩矩地说正经话，你却向人家说混话，打闹……"

"呵！请你别生气！我再不说混话就是了。"我向她道歉地这样说道，"那吗，你真要去革命吗？"

"不是真的，还是假的吗？"她回头望望灶口内的火，用手架一架柴火之后，又转过脸向我说道，"再同你说话，火快要灭了呢。你看晚饭将要吃不成了。"

"去革命也不错。"我低微地这样笑着说了一句。

"陈先生！你能够介绍我入党吗？我要入党……"

"你要入什么党？"

"革命的党……"

"我自己不属于任何党，为什么能介绍你入党呢？"

"你别要骗我了！我知道你是的……你莫不是以为我不能革命吗？"

"密斯章！不是这样说法。我真是一个没有党的人！"

"哎！我晓得！我晓得！你不愿意介绍我算了，自然有人介绍我。我有一个同学的，她是的，她一定可以介绍我！"她说这话时，一面带着生气，一面又表示一种高傲的神气。

"那吗，好极了……"

我刚说了这一句，忽听后门"砰！砰！……"有人敲门，我遂走出厨房来开后门，却是淑君的母亲回来了。她看见是我开的门，连忙问我淑君在不在家，我说淑君在厨房里烧饭。

"呵，她在烧饭吗？好，请你告诉她，叫她赶快将饭烧好，我到隔壁打个转儿就回来。"淑君的母亲说着说着，又掉转头带着笑走出去了。我看见她这种神情，不禁暗地想道："也不知这个老太婆现在想着什么心事呢。她或者以为我是与她的女儿说情话罢？她为什么回来又出去了？让机会吗？……"我不觉好笑。

我重新走进厨房，将老太婆的话报告淑君，淑君这时坐在小凳子上，两眼望着灶口内的火，没有则声。我这时想起老太婆的神情，反觉得不好意思起来，随便含混说几句话，就走上楼来了。我上了楼之后，一下倒在床上躺着，两眼望着黑影迷蒙中的天花板，脑海里鼓荡着一个疑问：为什么淑君的思想现在变到了这般地步呢？……

从这一次谈话之后，我对于淑君更加敬佩了，她原来是一个有志气的，有革命思想的女子！我本想照实地告诉她我到底是一个什么人，可是我怕她的父母和兄嫂知道了，将有不便。他们听见革命党人就头痛，时常在我的面前咒骂革命党人是如何如何地不好，我也跟着她们附和，表示我也是一个老成持重的人。淑君有时看着我附和他们，颇露出不满的神情，可是有时她就同很明白我的用意似的，一听着我说些反革命话时，便对我默默地暗笑。

现在淑君是我的同志了，然而我还是不爱她。有时我在淑君看我的眼光中，我觉察出她是深深地在爱我，而同时又在无可如何地怨我。我觉察出来这个，但是我有什么方法来避免呢？我只得佯做不知道，使她无从向我公开地表示。我到底为什么不会起爱淑君的心呢？她有什么不好的地方？我到现在也还说不清楚，也许是因为她不美的原故罢？也许是的。如果单单是因为这个，唉！那我不爱她简直是罪过呵！

我渐渐留心淑君的行动了。往时逢星期日和每天晚上，她总是在家的，现在却不然了：星期日下午大半不在家；晚上呢，有时到十一二点钟才回来。她向家里说，这是因为在朋友家里玩，被大家攀住了，是不得已的。因为她素来的行为很端正，性情很和顺忠实，她的家里人也就不十分怀疑她。可是我看着淑君的神情，——照着她近来所看的关于主义的书报，及她对我所说的一些话，我就知道她近来是在做所谓秘密的革命的工作。我暗暗地对她惭愧，因为我虽然是自命为一个革命党人，但是我浪漫成性，不惯于有秩序的工作，对于革命并不十分努力。唉！说起来，我真是好生惭愧呵！也许淑君看着我这种不努力的行为，要暗暗地鄙视我呢。

一个人的思想和行为之变迁，真是难以预定。当我初见着淑君的时候，她的那种极普通的、朴实而谨慎的性格，令我绝对料不到她会有今日。但是今日，今日她已经成为一个所谓"危险的人物"了。

四

　　转眼间已是北风瑟瑟，落叶萧萧，寒冬的天气了。近来漂泊海上的我，越发没有事做，因为S大学犯了赤化的嫌疑被封闭了，我的教职也就因之停止了。我是具有孤僻性的一个人，在茫茫的上海，我所交接的，来往的朋友并不多，而在这不多的朋友之中，大半都是所谓危险的分子，他们的工作忙碌，并没有许多闲工夫同我这种闲荡的人周旋。除了极无聊，极烦闷，或是我对于政局有不了解的时候，我去找他们谈谈话，其余的时候，我大半一个人孤独地闲荡，或在屋里过着枯寂的读书做文的生活。淑君是我的一个谈话的朋友，但不是一个很深切的谈话的朋友，这一是因为我不愿意多接近她，免得多引起她对于我的爱念；二也是因为她并不能满足我谈话的欲望。她近来也是一个忙人了，很少有在家的时候，就是在家，也是手里拿着书努力地读，我当然不便多烦扰她。她近来对于琴也少弹了，歌也少唱了；有时，我真感谢她，偶尔听着她那悠扬而不哀婉的琴声和歌声，我竟为之破除了我的枯寂的心境。

　　淑君近来对我的态度似乎恬静了些。我有时偷眼瞟看她的神情，动作，想探透她的心灵。但是当她的那一双大眼闪灼着向我望时，我即时避开她的眼光，——唉！我真怕看她的闪灼的眼光！她的这种闪灼的眼光一射到我的身上时，我似乎就感觉到："你说！你说！你这薄情的人！你为什么不爱我呢？……"这简直是对我的一种处罚，令我不得不避免它。但是迄今我回想起来，在她的那看我的闪灼的眼光中，她该给了我多少诚挚的爱呵！领受到女子的这种诚挚的爱的人，应当是觉得很幸福的，但是我当时极力避免它……唉！我，我这蠢材！在今日隐忍苟活的时候，在这一间如监狱似的，鸟笼子似的小房子里，有谁个再用诚挚的爱的眼光来看你呢？唉！我，我这蠢材！……

　　在汽车驰驱，人迹纷乱的上海的各马路中，A马路要算是很清净的了。路两旁有高耸的，整列的白杨树；所有的建筑物，大半都是稀疏的，各自独立的，专门住家的，高大的洋房，它们在春夏的时候，都为丛丛的绿荫所包围，充满了城市中别墅的风味。在这些洋房内居住的人们，当然可以想像得到，不是我们本国的资本家和官僚，即是在中国享福的洋大人。至于飘零流浪的我，虽然也想像到这些洋房内布置的精致，装潢的富丽，以及内里的人们是如何的快乐适意……但是我就是做梦，也没曾想到能够在里边住一日。我只有在外边观览的幸福。

一日午后，觉得在屋内坐着无聊已极，便走出来沿着A路散步。迎面的刺人的西北风吹得我抬不起头来，幸而我身上着了一件很破的，不值钱的羊皮袍，还可以抵挡寒气。我正在俯首思量"洋房与茅棚"，"穿狐皮裘的资本家与衣不蔽体的乞丐"……这一类的问题的当儿，忽然我听得我的后边有人喊我：

"季侠！"

我回头一看，原来是半年不见的俞君同他的一位女友。俞君还是与从前落拓的神情一样，没曾稍改，他这时身穿着蓝布面的黑羊皮袍，头上戴一顶俄国式的绒帽，看来好像是一位商人。他的女友，呵！他的女友实令我惊奇！这是一位异常华丽丰艳的女子：高高的身材，丰腴白净的面庞，朱红似的嘴唇，一双秋水盈盈，秀丽逼人的眼睛，——就是这一双眼睛就可以令人一见消魂！她身穿着一件墨绿色的花缎旗袍，颈项上围着一条玫瑰色的绒巾，种种衬托起来，她好像是一株绿叶丰饶，花容焕发的牡丹。我注视了她一下，不禁暗暗地奇怪俞君，落拓的俞君，居然交接了这么样一个女友……

"这就是我向你说过的陈季侠先生。"俞君把我介绍与她的女友后，又转而向我说道，"这是密斯黄，是我的同乡。"

"呵呵！……"我又注视了她一下，她也向我打量一番。

"季侠！这样冷的天气，你一个人在这儿走着干什么呢？"

"没有什么，闲走着，你几时从C地回上海的？"

"回来一个多礼拜了。我一到上海就想看你，可是不知你到底住在什么地方。你住在什么地方？"

"离此地不远。可以到我的屋里坐一坐吗？"

"不，季侠，天气怪冷的，我想我们不如同去吃一点酒，吃了酒再说，好不好？"俞君向我说了之后，又转过脸笑吟吟地向他的女友问道，"密斯黄！你赞成吗？"

"赞成。"密斯黄带笑地点一点头。

于是我们三人一同坐黄包车来到大世界隔壁的一家天津酒馆。这一家酒馆是我同俞君半年前时常照顾的,虽不大,然而却不烦杂,菜的味道也颇合口。矮而胖的老板见着我们老主顾到了,额外地献殷勤,也许是因为密斯黄的力量值得他这样的罢?

我们随便点了几碗菜,就饮起酒来。肺痨症的俞君还是如从前一样地豪饮,很坦然地毫不顾到自身的健康。丰腴华丽的密斯黄饮起酒来,倒令我吃惊,她居然能同我两个酒鬼比赛。她饮了几杯酒之后,她的两颊泛起桃色的红晕,更显得娇艳动人。我暗暗地为俞君高兴:"好了!好了!你现在居然得到这么样的一个美人……幸福得很!……"但我同时又替他担忧:"呵!你这个落拓的文人,你要小心些!你怎么能享受这么样的带有富贵性的女子呢?……"

但是当我一想到我的自身时,不禁深深地长叹了一口气:流浪的我到现在还没有遇到一个爱我的,如意的女子,说起来,真是令我好生惭愧!像俞君这样落拓的人,也居然得到了这么样的一个美人;而我……唉!我连俞君都不如!……如果淑君是一个美丽的女子,那我将多么荣幸呵!但是她,她引不起我的爱情来……唉!让我孤独这一生罢!……我越想越牢骚,我的脸上的血液不禁更为酒力刺激得发热,而剧烈地泛起红潮来了。

在谈话中,我起初问起 C 地的情形,俞君表示深切的不满意。他说,什么革命不革命,简直是胡闹,革命这样革将下去,简直一千年也没有革好的希望!他说,什么左右派,统统都是投机,都是假的……我听了俞君的这些话,一方面惊佩他的思想激烈,一方面又想像到那所谓革命的根据地之真实的情形。关于 C 地的情形,我是老早就知道的,今天听到这位无党派的俞君的话,我更加确信了。我对于革命是抱乐观的人,现在听了俞君的这种失意的,悲观的叙述,我也不禁与他同感了。

我们谈到中国文坛的现状,又互相询问各人近来有没有什么创作。我们越饮兴致越浓,兴致越浓,越谈到许多杂乱无章的事情。我是正苦于过着枯寂生活的人,今天忽遇着这个好机会,不禁饮得忘形了。更加在座的密斯黄的秀色为助饮的好资料,令我暗暗地多饮了几杯,视酒如命的俞君,当然兴致更浓了。

"今天可惜密斯郑不在座,"俞君忽然向密斯黄说道,"不然的话,我们今天倒更有趣些呢！"

"君实，你说的哪一个密斯郑？"我插着问。

"是密斯黄的好朋友，人是非常好的一个人。"俞君说到此地，又转过脸向着密斯黄说道，"密斯黄！我看密斯郑与陈先生很相配，我想把他们介绍做朋友，你看怎么样？我看的确很相配……"

"难道说陈先生还没有……"密斯黄用她的秀眼瞟一瞟我，带着笑向俞君这样很含蓄地说道，"若是陈先生愿意，这件事情我倒很愿意帮忙的。"

我觉得我的面色更加红起来了。好凑趣的俞君，听了密斯黄的话，便高兴得鼓起掌来，连声说道："好极了！好极了！……"在这一种情景之下，我不知向他们说什么话是好。我有点难为情，只是红着脸微笑。但是我心里却暗暗地想道："也许我这一次要遇着一个满意的女子了！也许我的幸运来了，……照着他俩的语气，这位密斯郑大约是不错的。……"我暗暗地为我自己欢喜，为我自己庆祝。在这时我不愿想起淑君来，但是不知为着什么，淑君的影子忽然闪到我的脑海里：她睁着两只大眼，放出闪灼的光，只向我发怒地望着，隐约地似乎在骂我："你这蠢材！你这不分皂白，不知好歹的人，放着我这样纯洁地爱你的人不爱，而去乱爱别人，你真是在制造罪过呵！……"我觉着我的精神上无形地受了一层严厉的处罚。

"那吗，密斯黄！"俞君最后提议道，"我们明天晚上在东亚旅馆开一间房间，把密斯郑请到，好使陈先生先与她认识一下。"

密斯黄点点头表示同意，我当然是不反抗的。到这时，我们大家都饮得差不多了，于是会了账，我们彼此就分手，——俞君同他的女友去寻人，我还是孤独地一个人回到自己的屋里，静等着践明天晚上的约会。我进门的时候，已经是六点多钟了，淑君同她的家人正在吃晚饭呢。淑君见着我进门，便立起身来问我是否吃过饭，我含混地答应一句吃过了，但是不知怎的，这时我怕抬起头来看她。我的一颗心只是跳动，似乎做了一件很对不起她的事。

"陈先生！你又吃酒了罢？"淑君很唐突地问我这一句。

"没……没有……"

我听了淑君的话，我的内心更加羞愧起来，即刻慌忙地跑上楼来了。平素我吃多了酒的时候，倒在床上即刻就会睡着的，但是今晚却两样了：我虽然觉得醉意甚深，周身疲倦得很，但总是辗转地睡不着。"密斯黄真是漂亮，然而带有富贵性，不是我这流浪人所能享受的。……密斯郑不知到底怎样？……也许是不错的罢？呵！反正明天晚上就可以会见她了。……淑君？唉！可怜的淑君！……"我总是这样地乱想着，一直到十二点多钟还没有合眼。寒冷的月光放射到我的枕边来，我紧裹着被盖，侧着头向月光凝视着……

五

在上海，近来在旅馆内开房间的风气，算是很盛行的了。未到过上海的人们，总都以为旅馆是专为着招待旅客而设的，也只是旅客才进旅馆住宿。可是上海的旅馆，尤其是几个著名的西式旅馆，却不合乎这个原则了：它们近来大部分的营业是专靠本住在上海的人们的照顾。他们以旅馆为娱乐场，为交际所，为轧姘头的阳台……因为这里有精致的钢丝床，有柔软的沙发，有漂亮的桌椅，有清洁的浴室，及招待周到的仆役。在一个中产家庭所不能设备的，在这里都应有尽有，可以说是无所不备，因之几个朋友开一间房间，而藉以为谈心聚会的地方，这种事情是近来很普通的现象了。

不过穷苦的我，却不能而且不愿意多进入这种场所。手中宽裕些而好挥霍的俞君，却时常干这种事情。他为着要介绍密斯郑同我认识，不惜在东亚旅馆开了一间价钱很贵的房间，这使我一方面很乐意，很感谢他的诚心，但我一方面又感觉着在这类奢华的环境中有点不舒服。这也许是因为我还是一个乡下人罢，……我很奇怪，当我每进入到装潢精致，布置华丽的楼房里，我的脑子一定要想到黄包车夫所居住的不蔽风雨的草棚及污秽不堪的贫民窟来。在这时我不但不感觉到畅快，而且因之感觉到一种惩罚。我知道我的这种习惯是要被人讥笑的，但是我没有方法把它免除掉。……

我们的房间是开在三层楼上。当我走进房间时，俞君和两位女友——一个是密斯黄，其他一个是密斯郑无疑——已经先到了。他们正围着一张被白布铺着的圆桌子谈话，见我进来了，便都立起身来。俞君先说话，他责我来迟了，随后他便为我们彼此介绍了一下。介绍了之后，我们就了座，也就在我就座的当儿，我用力地向密斯郑瞟了一眼，不料我俩的目光恰相接触，不禁两下即刻低了头，觉着有点难为情起来。

这是一个很朴素的二十左右的女子。她的服装——黑缎子的旗袍——没有密斯黄的那般鲜艳；她的头发蓬松着，不似密斯黄的那般光润；她的两眼放着很温静的光，不似密斯黄的那般清俐动人；她的面色是带有点微微的紫黑色的，若与密斯黄的那般白净而红润的比较起来，那简直不能引人注目了。她的鼻梁是高高的，嘴唇是厚的，牙齿是不洁白的，若与淑君的那副洁白而整饬的牙齿比较起来，那就要显得很不美丽了。总而言之：这是一个很朴素的女子。初见时，她显现不出她有什么动人的特色来。但是你越看她久时，你就慢慢地觉得她可爱了：她有一种自然的朴素的美；她的面部虽然分开来没有动人的处所，但是整个的却很端整，配置合宜；她的两颊是很丰满的，这表现她不是一个薄情相；她的态度是很自然而温厚的，没有浮躁的表现；她的微笑，以及她说话的神情，都能显露出她的天真的处女美来。

俞君在谈话中极力称誉我，有时我觉着他称誉太过度了，但是我感激他，因为他的称誉，我可以多博得密斯郑的同情。我觉着她不断地在瞟看我，我觉着她对我已经发动了爱的情苗了。这令我感觉得异常的愉快和幸福，因为我在继续的打量之中，已经决定她是一个很可爱的姑娘，并以为她对于我，比密斯黄还可爱些。在我的眼光中，密斯黄虽然是一个很美丽的女子，然太过于丰艳，带有富贵性，不如密斯郑的朴素的美之中，含有很深厚的平民风味。所以我初见密斯黄的时候，我只惊异她的美丽，但不曾起爱的念头，但今日一见着密斯郑的时候，我即觉得她有一种吸引我的力量。我爱上她了！……

"密斯郑是很革命的，而陈先生又是一个革命的文学家，我想你们两个人一定是很可以做朋友的。"俞君说。

"陈先生！玉弦很佩服你，你知道吗？我把你的作品介绍给她读了之后，她很赞叹你的志气大，有作为……"密斯黄面对着我这样说，我听了她的话，心中想道："原来她现在才知道我的……"

"我与玉弦是老同学，"密斯黄又继续说道，"多年的朋友，我知道她的为人非常好。我很希望你们两个人，陈先生，做一对很好的朋友，并且你可以指导她。"

"呵呵……"我不好意思多说话。我想同密斯郑多谈一些话，可是她总是带笑地，或者也可以说是痴愚地缄默着，不十分大开口。我当然不好意思硬逼着同她多谈话，因为第一次见面，大家还是陌生，还是很隔膜的。我只觉得她偷眼瞟看我，而我呢，除开偷眼瞟看她而外，不能多有所亲近。在明亮的灯光底下，我可以说我把她细看得很清楚了。我越看她，越觉得她的朴素的美正合我的心意。我总以为外貌的神情是内蕴的表现，因之我就断定了密斯郑的外貌是如此，她的内心也应当如此。我不知不觉地把她理想化了，我以为她的确是一个值得为我所爱的姑娘。但是，我现在才知道：若仅以外貌判断人的内心，必有不可挽回的错误，尤其是对于女子……

我们轮流地洗了澡之后，——俞君最喜欢在旅馆里洗澡，他常说几个朋友合起股来开一个房间洗澡，实比到浴室里方便得多。——又是俞君提议叫茶房送几个菜来大家饮酒，我很高兴地附议，两位女友没有什么表示。我暗暗地想道，是的，今天正是我痛饮的时候，我此时痛饮一番，不表示表示我的愉快，还待何时呢？……我想到此处，又不禁两只眼瞟看我的将来的爱人。

密斯郑简直不能饮酒，这有点令我微微地扫兴，密斯黄的酒量是很大，一杯一杯地毫不相让。在饮酒的时候，我藉着酒兴，乱谈到一些东西南北的问题，最后我故意提起文学家的命运来。我说，东西文学家，尤其是负有伟大的天才者，大半都是终身过着潦倒的生活，遭逢世俗的毁谤和嫉妒；我说，我们从事文学的，简直不能生做官发财的幻想，因为做官发财是要妨碍创作的，古人说"诗穷而后工"是一句至理名言；我说，伟大的文学家应具有伟大的反抗精神……我所以要说起这些话的，是因为我要探听密斯郑的意见。但她虽然也表示静听我的话的样子，我却觉得她没曾有深切的注意。我每次笑吟吟地征询她的意见，但她总笑而不答，倒不如密斯黄还有点主张。这真有点令我失望，但我转而一想，也许因为她含羞带怯的原故罢？……初次见面，这是当然的事情。……于是我原谅她，只怪自己对于她的希望太大了，终把我对于她的失望遮掩下去。

等我们饮完酒的时候，已经是十一点多钟了。俞君留在旅馆住夜，他已是半醉了；我送两位女友回到Ｓ路女学，——密斯郑是Ｓ路女学的教员，密斯黄暂住在她的寓所——之后，还是回到自己的家里来。这时夜已深了，马路上的寒风吹到脸上，就同被小刀刺着似的，令人耐受不得，幸而我刚饮过酒，酒的热力能鼓舞着我徒步回来。

我的房东全家都已睡熟了。我用力地敲了几下门，才听得屋里面有一个人问道："哪一个？"我答应道："是我。"接着便听到客堂里有"替塔替塔"的脚步声。门缝里闪出电灯的光了。

"是哪一个呀？"这是淑君的声音。

"是我。"

"是陈先生吗？"

"是的，是的。真对不起得很……"

我未将话说完，门已经"呀"的一声开了。

"真正地对不起的很，密斯章；这样冷的天气，劳你起来开门，真是活有罪！……"我进门时这样很道歉地向她说，她睡态惺忪地用左手揉眼，右手关门，懒洋洋地向我说道：

"没有什么，陈先生。"

我走进客堂的中间，藉着灯光向她仔细一看：（这时她已立在我的面前），她下身穿着单薄的花裤，上身穿一件红绒的短衫；她的胸前的两个圆圆的乳峰跃跃地突出，这令我在一瞬间起了用手摸摸的念头。说一句老实话，这时我已经动了肉感了。又加之灯光射在她的红绒衫上而反映到她的脸上，弄得她的脸上荡漾着桃色的波纹，加了她平时所没有的美丽。她这时真有妩媚可人的姿态了。我为之神驰了一忽：我想向前拥抱她，我想与她接吻……但是我终于止住我一时的感觉的冲动，没有放荡起来。

"陈先生！你又从什么地方吃酒回来，是不是？"淑君很妩媚动人地微笑着向我问道，"满口都是酒气，怪难闻的，你也不觉得难过吗？"

"是的，我今晚又吃酒了。"我很羞惭地回答她。

"陈先生！你为什么这样爱吃酒呢？你上一次不是对我说过，你不再吃酒了么？现在为什么又……"她两眼盯着我，带着审问我的神气。我这时真是十分羞愧，不知如何回答她是好。

"我也不知道我为什么这样好吃酒……唉！说起来，真是岂有此理呢！……"

"酒吃多了是很伤人的，陈先生！……"

她说这一句话时，内心也不知包藏着好多层厚的深情！我深深地感激她：除开我的母亲而外，到如今从没曾有这样关注我的人。过惯流浪生活的我，很少能够领受到诚挚的劝告，但是淑君却能够这样关注我，能够给我以深厚的温情，我就是铁石心肠，也是要感激她的。但是我这浑蛋，我这薄情的人，我虽然感激她，但不曾爱她。今日以前我不曾爱她，今日以后我当然更不会爱她的了，因为密斯郑已经把我的一颗心拿去了，我已决定把我的爱交与密斯郑了。

"密斯章，我真感激你！从今后我总要努力听你的劝告了。酒真是害人的东西！"我很坚决地这样说。

"我很希望你能听我的话……"

"呵！时候已经不早了，"我看一看表就惊异地说，"已经十二点多了。天气这样的冷，密斯章，你不要冻凉了才好呢。我们明天会罢！"我说了这几句话，就转过脸来预备走上楼去，走了两步，忽又听得淑君在颤动地叫我：

"陈先生！"

"什么，密斯章？"我反过脸来问她。

淑君低着头沉吟了一下，不作声，后来抬起头来很羞涩地说道："没有什么，有话我们明天再说罢……"

我不晓得淑君想向我说的是一些什么，但我这时感觉得她是很兴奋的，她的一颗心是在跳动。也或者她喊我这一声，想向我说道："陈先生！我……我……我爱你……你晓得吗？……"如果她向我这样表示，面对面公开地表示时，那我将怎么样回答她呢？我的天王爷！我真不知我将如何回答她！我如何回答她呢？爱她？或是说不爱她？或是说一些别的理由不充足的拒绝的话？……还好！幸而她终于停住了她要向我说的话。

"我祝你晚安！"说了这一句话，我就很快地走上楼来了。在我初踏楼梯的时候，我还听到淑君长叹了一口气。

六

　　窗外的冷雨凄凄，尖削的寒风从窗缝中吹进，浸得人毛骨悚然。举目看看窗外，只见一片烟雾迷蒙，整个的上海城沉沦于灰白色的死的空气里，这真是令人易感多愁，好生寂寞的天气。我最怕的是这种天气；一遇到这种天气时，我总是要感到无端的烦闷，什么事都做不得，曾记得在中学读书的时候，那时对这种天气，常喜拿起笔来写几首触景感怀的牢骚诗词，但是现在，现在却没有往昔那般的兴致了。

　　清早起来，两眼向窗外一望，即感觉得异常的不舒服。昨晚在东亚旅馆会聚的情形尚萦回于脑际，心中想道，今天若不是天阴下雨，我倒可以去看看密斯郑……但是这样天阴下雨，真是讨厌极了！……我越想越恨天公的不做美，致我今天不能会着昨晚所会着的那个可爱的人儿。

　　吃过早餐后，我即在楼下客堂与淑君的两个小侄儿斗着玩。淑君的母亲到隔壁人家打麻雀去了，与淑君同留在家中的只有她的嫂嫂。淑君躺在藤椅子上，手里拿着一本《将来之妇女》，在那里很沉静地看；她的嫂嫂低着头为着她的小孩子缝衣服。我不预备扰乱她们，倘若她们不先同我说话，那我将不开口。我感觉得淑君近来越发用功起来了，只要她有一点闲空，她总是把这一点闲空用在读书上。几月前她很喜欢绣花缝衣等等的女工，现在却不大做这些了。她近来的态度很显然地变为很沉默的了，——从前在吃饭的时候，她总喜欢与她的家人做无意识的辩论，说一些琐屑而无味的话，但是现在她却很少有发言的时候。有时偶尔说几句话，可是在这几句话之中，也就可以见得现在的她与以前的不同了。

　　"陈先生！"淑君直坐起来，先开口向我说道，"你喜欢研究妇女问题吗？有什么好的关于妇女问题的书，请介绍几本给我看看。"

　　"我对于妇女问题实在没有多大研究。"我微笑着这样地回答她，"我以为你关于这个问题比我要多知道一些呢。密斯章！你现在研究妇女问题吗？"

"说不上什么研究不研究，不过想看看几本书罢了。明天有个会……"她看看她的嫂嫂，又掉转话头说道，"呵，不是，明天有几个朋友，她们要求我做一篇'女子如何才能解放'的报告，我没有办法……"她的脸微微地红起来了。

"女子到底如何才能解放呢？我很想听听你的意见。"

"我的意见是，如果现在的经济制度不推翻，不根本改造一下，女子永远没有解放的希望……陈先生！你说是吗？我以为妇女问题与劳动问题是分不开的。"

"密斯章！我听你的话，你的学问近来真是很进步呢！你的意见完全是对的，现在的经济制度不推翻，不但你们女子不能解放，就是我们男子又何尝能得解放呢？"

淑君听了我的话，表现一种很满意的神情，她的嫂嫂听到我们说什么"女子……""男子……"抬起头来，很犹疑地看看我们，但觉得不大明白似的，又低下头继续她的工作了。今天的谈话，真令我惊异淑君的进步，——她的思想很显然地是很清楚的了。

"现在的时局很紧急，"她沉吟半响，又转变了说话的对象，"听说国民军快要到上海了，你的意思是……"

"听说是这样的，"我很迟慢地回答她，"不过国民军就是到了，情形会变好与否，还很难说呢。……"

"不过我以为，无论如何，总比现在要好些！现在的时局简直要人的命，活活地要闷死人！……这几天听说又在杀人罢？"

"哼！……"我叹了一口长气。

天井内的雨越下越大了。我走到客堂门前，向天空一望，不禁很苦闷地叹着说道：

"唉！雨又下得大了！这样的天气真是令人难受呵！坐在屋里，实在讨厌！没有办法！"

"陈先生！"淑君的嫂嫂忽然叫我一声。

"什么？……"我转过脸来莫明其妙地望着她。她抬起头来，暂时搁置她的工作，笑嘻嘻地向我说道：

"陈先生！我看你一个人怪不方便的，怪寂寞的，你为什么不讨一个大娘子呢？讨一个大娘子，有人侍候你，也有人谈心了，那时多么好呢！一个人多难熬呵！……"

这时淑君听见她嫂嫂说这些话，又向椅子上躺下，把脸侧向墙壁，重新看起书来。我简直不知如何答覆这个问题为好，及见到淑君的神情，我不觉更陷到很困难的境地。我正在为难的当儿，恰好听见有人敲门，我于是冒着雨跳到天井内开门。我将门开开一看时，不禁令我惊喜交集，呵，原来是密斯郑！这真是我所料不到的事情呵！我虽然一边同她们谈话，一边心里想着密斯郑的身上，但总未想到她恰于这大雨淋漓的时候会来看我。她的出现真令我又惊，又喜，又感激；在这一瞬间，我简直把淑君忘却了。唉！可怜的淑君！……

"呵呵！原来是你！这样大的雨……"我惊讶地这样说。我只见得她双手撑着雨伞，裙子被雨打湿了一半，一双脚穿着的皮鞋和袜子，可以说是完全湿透了。她见我开了门，连忙走进客堂，将伞收起，跺一跺脚上的水，上气接不到下气，很急喘地向我说道：

"我，我出门的时候，雨是很小的，谁知刚走到你们这个弄堂的转角，雨忽然大起来了。唉！真是糟糕的很！你看，我浑身简直淋漓得不像个样子！"

"呵呵！让我来介绍一下。"这时淑君站起来了，两眼只注视来人，面上显然露出犹疑而失望的神情。"这是密斯章，这是密斯章的嫂嫂，这位是密斯郑。"

"呵呵！密斯郑……"淑君勉强带着笑容地这样说。我这时也顾不得淑君和她的嫂嫂是如何地想法，便一把将密斯郑的雨伞接在手里，向她说道：

"我住在楼上，请到我的房里去罢！"

这是密斯郑第一次到我的房里。她进我的房门的时候，向房内上下四周瞟看了一下，我也不知道她是否满意于我房内的布置，我没有问她的意见。我请她坐在我的书桌旁边的一张木椅子上，我自己面对着她，坐在我自己读书写字的椅子上。她今天又穿了一身黑色的服装，姿态同昨天差不多，不过两颊为风吹得红如两朵芍药一样。

"今天我上半天没有功课，"她开始说道，"特为来看看陈先生。出学校门的时候，雨是下得很小的，不料现在下得这样大。"她低头看看自己的脚——浑身湿得不成样子。

"呵，这样大的雨，劳你来看我，真是有罪的很！……密斯黄还在学校里吗？"

"她去找俞先生去了。"

我们于是开始谈起话来了。我先问起她的学校的情形，她同密斯黄的关系等等。她为我述说了之后，又问起我的生活情形，我告诉她，我是一个穷苦的，流浪的文人，生活是不大安定的。她听了似乎很漠然，无所注意。我很希望她对于我的作品，我的思想，我的生活情形，有所评判，但她对于我所说的一些话，只令我感觉得她的思想很蒙混，而且对于时事也很少知道。论她的常识，那她不如淑君远甚了。她的谈话只表明她是一个很不大有学识的，蒙混的，不关心外事的小学教师，一个普通的姑娘。但是这时我为所谓朴素的美所吸引住了，并不十分注意她的这些内在质量，我还以为我俩初次在一块儿谈话，两下都是很局促的，当然有许多言不尽意的地方。因为我爱上她了，所以我原谅她一切。……

"下这样大的雨，她今天倒先来看我，可见得她对我是很有意思了。也好，我就在她的身上，解决我的恋爱问题罢，不解决真是有点讨厌呵！……她似乎也很聪明的样子，我可以好好地教导她。……"我这样暗暗地默想着，她今天这次冒雨的来访，实在增加了我对于她的爱恋。我越看她越可爱，我觉得她是一个很忠实的女子，倘若她爱上我，她将来不至于有什么变动。我所需要的就是忠实，倘若她能忠实地爱我，那我也就很满足了，决不再起别的念头。……如此，我似乎觉得我真正地爱上她了。

我俩谈了两个多钟头的话。楼下的挂钟已敲了十一下，她要回校去了；我邀她去到馆子吃饭，可是她说下午一点钟有课，恐怕耽误了，不能去。我当然不好过于勉强她。当她临行的时候，她说我不方便到她的学校里去看她，因为同事们要说闲话，如果她有空时，她就到我住的地方来看我……我听了她的话，不禁暗暗地有点奇怪："她是当先生的，有什么不方便的地方？同事们说闲话？有什么闲话可说？……呵！也罢，也许是这样的。只要她能常常到我这儿来就好了。……"

我送她下楼，当我们经过淑君的身旁时，淑君还是斜躺在藤椅子上面，面向着墙壁看书，毫不理会我们，似乎完全不觉察到的样子。这时她的嫂嫂在厨房里烧饭，当我将密斯郑送出门外，回转头来走到客堂时，淑君的嫂嫂连忙由厨房跑出来向我问道：

"她是什么人？是你的学生还是你的……"

"不，不是，她不是我的学生，是我认识的一个朋友。"我很羞怯地这样回答她。我暗暗斜眼瞟看淑君的动静，他似乎没有听到我们说话的样子。她连看我们也不看一下，这时我心中觉着有点难过，似乎有人在暗暗地责罚我。我想向淑君说几句话，但是我说什么话好呢？她这时似乎在沉静地看书，但是她真是在看书吗？……接着淑君的嫂嫂带着审问的口气又问我道：

"你的女朋友很多吗？"

"不，不，我没有几个女朋友……"

"我告诉你，陈先生！女朋友多不是好事情，上海的女拆白党多得很，你要当心些呵！……"说至此，她向淑君看一看，显然露出为淑君抱不平的神情，我不禁也随着她的眼光向淑君溜一下，看着她仍是不作声地看书，连动都不动一动。

"交女朋友，或是娶大娘子，"她又继续地说道，"都是要挑有良心的，靠得住的，陈先生，你晓得吗？漂亮的女子大半都是靠不住的呵！……"说完话，她即掉转头走向厨房去了。

她简直是在教训我，不，她简直是在发牢骚，为淑君抱不平。我听了她的话，不禁微微地有点生气，但是没有表示出来。我两眼笔直地看着她走向厨房去了。我这时的情绪简直形容不出：是发怒？是惭愧？是羞赧？是……我简直一瞬间陷于木偶般的状态，瞠目不知所言。过了半晌，我又掉转头来看看淑君，但是淑君还是继续地在看书，一点儿也不理会我。我偶然间觉着难过极了！我想向她说几句话，但是我找不出话来说，并且我不敢开口，我似乎觉着我是一个犯了罪过的罪犯，现在正领受着淑君的处罚，虽然这种处罚是沉默的，无形的，但是这比打骂还严厉些。我最后无精打采地跑上楼来了。半点钟以前，密斯郑所给予我的愉快，安慰和幻想，到这时完全消沉下去，一缕思想的线只绕在淑君的身上，我也不明白这是因为什么，我自己觉得很奇怪：我对于淑君并没有爱的关系，因之，对于她并不负什么责任，为什么今天淑君的冷淡态度，能令我这样怅惘呢？……

一上了楼，我即直躺在床上，满脑子乱想，不觉已到了吃中饭的时候。往时到了吃饭的时候，如果淑君在家，大半都由淑君叫我下楼吃饭，但是今天却不然了。"饭好了，下来吃饭呀，陈先生！"这不是淑君的声音了，这是淑君嫂嫂的声音！为什么淑君今天不叫我了？奇怪！……我听见不是淑君叫我吃饭的声音，我的一颗心简直跳动起来了。"我今天还是下去吃饭呢，还是不下去？……"我这样地犹豫着，也可以说是我有点害怕了。结果，我的肚子命令我下去吃饭，因为我已经饿得难受了。

我们还是如往时地共桌吃饭。淑君的母亲坐在上横头，今天也似乎有点不高兴的神气，这是因为输了钱，还是因为……淑君的嫂嫂坐在下横头，默默地喂她的小孩子。淑君坐在我的对面，她的神气，呵，她的神气简直给我以无限的难过。她这时的脸色是灰白的，一双大眼充满了失望的光，露出可怜的而抱怨的神情。我不敢正眼看她；我想说些话来安慰她，但是我能说些什么话呢？我们几人这样地沉默着，若除了碗筷的声音，那吗全室的空气将异常地寂静，如同无人在内似的。这种现象在往时是没有的。

这种寂静的空气将我室压得极了，我不能再忍受，就先勉强地开口说道：

"老太太！今天打牌运气好吗？赢了多少钱哪？"

"没有赢多少钱，"她很冷淡地回答我，"没有事情，打着玩玩。"大家又重复沉默下来了。

"陈先生！"淑君忽然发出很颤动的声音，似乎经了许多周折，踌躇，忍耐，才用力地这样开口说道，"你今天出去吗？"

"不出去，密斯章。"我很猜疑地望着她，这时她的脸略起了一层红晕，两眼又想看我，又不敢看我似的，接着又很颤动地问道：

"今天来看你的这个女朋友，她姓什么呀？"

"她姓郑。"

"她现在做什么事情呀？"

"现在一个女子小学里当教员。"

"呵呵！……"她又不说话了。

"现在的女学生真是不得了。"淑君的母亲这样感慨地说道，"居然自己到处找男朋友，轧姘头。唉！不成个样子！……"

淑君望了她母亲一眼。我听了她的话，一方面觉得她的话没有道理，一方面却觉得没有话好驳斥她。我以为我今天还是以不做声为妙，同这些老太婆们总是说不出道理来。

"妈，你这话也说得太不对了！哪能个个女学生都乱轧姘头呢？当然有好的，也有坏的，不可一概而论。"淑君表示不赞成她的母亲的意见。淑君的嫂嫂插口说道：

"现在男女学生实行自由恋爱，这不是乱轧姘头是什么？去年我们楼上住的李先生，起初本没有老婆，后来也不知从什么地方弄来了一个剪了头发的女子，糊里糊涂地就在一块住起来了。他们向我们说是夫妻，其实没有经过什么手续，不过是轧姘头罢了。后来不知为什么吵了一场架，女子又跑掉了。"

"自由恋爱本来是可以的，"淑君说着这一句话时，将饭碗放下，似乎不再继续吃的样子，呵，她今天只吃了一碗饭！"不过现在有些人胡闹罢了。女子只要面孔生得漂亮，想恋爱是极容易的事情；而男子呢，也只要女子的面孔生得漂亮，其他什么都可以不问。男子所要求于女子的，是女子生得漂亮，女子所要求于男子的，是男子要有金钱势力……唉！什么自由恋爱？！还不是如旧式婚姻一样地胡闹么？……"

淑君说完这些话，就离开桌子，向藤椅子坐下。她又拿起一本书看。我听了她的话之后，我简直说不出我的感想来：她是在骂我呢？还是在教训我呢？还是就是这样无成见地发发牢骚呢？……

我想在她的面前辩白一下，但我终于止住了口。也好，权把这些话语，当作淑君对于我的教训罢！

七

  光阴如白驹似的，不断地前驰；我与密斯郑的感情也日渐地浓厚起来。相识以来，不觉已过了两个多月了，在这两个多月之中，我俩虽然不是每日见面，然至久也不过三四日。我俩有时到公园中散步，有时到影戏院看影戏，有时同俞君和密斯黄一块儿饮酒谈心……总而言之，我的生活由枯燥的变为润泽的，由孤寂的变为愉快的了。虽然密斯郑在我面前总是持着缄默的态度，不肯多说话，——据密斯黄说，这是她生来的性格——从未曾真切地将她的思想，目的，愿望，及对于生活的态度……说给我听过，可是我始终原谅她，以为她是一个很忠实的姑娘，倘若我能好好地引导她，那她一定可以满足我的愿望。我觉着她是很诚挚地爱我的，若我要求与她结婚，那她决不会表示拒绝的。若她不是诚挚地爱我的，那她为什么要同我这样地接近？为什么她在俞君和密斯黄面前，极力地表示对于我有好感？是的，她一定很爱我，而且很了解我……

  同时，我觉得淑君对我的态度日渐疏淡了，不，这说不上是疏淡，其实她还勉强着维持她原来对于我的态度，不过时常露出失望和怨望的神情来罢了。我对于她很表同情，我想尽我所有的力量来安慰她。但是我，我不能爱她，我的一颗心不能交给她，这倒如何是好呢？唉！我对不起她，我辜负她对于我的真情了。我应当受严厉的惩罚呵！

  时局日渐紧张起来了。上海的革命民众酝酿着对于当地军阀做武装的暴动。可敬佩的淑君现在为着秘密的反抗的工作而劳瘁，很少有在家的时候。她是在做工会的工作？女工的工作？党的内部的工作？公开的社会的工作？……关于这些我没有问她，我以为我没有问她的必要。有一次我偶然在她的书中，不注意地翻出一张油印的女工运动大纲，我才敢断定她近来做的是什么工作。我想像她努力的情形，不禁暗暗惭愧起来！也许当她在群众中声嘶力竭的时候，就是我陪着密斯郑或散步，或在戏院寻乐的时候……唉！我这空口说革命的人呵，我这连一个女子都不如的人呵，我真应当愧死！

密斯郑，呵，现在让我简称她为玉弦罢，对于革命这回事情，并不表示十分热心，虽然她从没表示反对过，在我的理性上说，我知道俞君所说的"密斯郑是很革命的……"是错了，但是在我的感情上，我总以为玉弦不会不是革命的，因为她了解我，爱我，凡爱我和了解我的女子，绝对不会是不革命的。如此，我以为玉弦的思想同我一样，至少也可以被我引到我所要走的路上来。是的，我真是这样地想着！但是天下的事情真真不可拿感情来做判断！玉弦是不是真爱上了我？是不是因为真正了解了我才爱我？这真是一个问题罢？这个问题一直到现在我还不敢下一坚决的判断。……

光阴真是快的很，转眼间又是仲春的天气。F公园内充满了浓厚的春意：草木着了青绿的衣裳；各种花有的已经展开了笑靥，有的还在发育着它们的蓓蕾。游人也渐渐多起来了，男男女女穿着花红柳绿的衣裳，来来往往好似飞舞的蝴蝶。他们都好似欣幸地摆脱冬季的严枯，乍领受春色的温柔。是的，这正是恋爱的时候，这正是乾坤调协，万物向荣的时候。

一天下午五点多钟的光景，F公园内的游人已渐渐地稀少了，我与玉弦坐在临近池边的椅子上。我俩面对着温和的，金黄色的夕阳，时而看看夕阳所映射的波影；在谈一些普通的话后，我俩很寂静地沉默着。她慢慢地把她的身子挨近我一点，我也把我的身子挨近她一点，如此，我俩的身子在最后成为互相倚靠着的姿势。我的心开始跳动起来。我将她的右手紧紧地握着，她并不表示拒绝；我先不敢看她的面目，后来我举起头来，我俩的四目恰恰相对，这时她的目光显然是很热情而兴奋的，她的嘴唇也微微地颤动起来。我觉着我再不能保持平静的，沉默的态度了，于是我就先开口说道：

"玉弦！你爱我吗？"

"我，我爱你，陈先生！"她很颤动地说。

"不，你莫要再叫我陈先生了。你叫我一声季侠，亲爱的季侠……这样地叫一声……"

"亲爱的季侠！"

"……"

"呵，我的亲爱的玉弦！我的亲爱的妹妹！……"

"你真正地爱我吗？"

"我真正地爱你。"

"我是一个穷文人，一个穷革命党人，你不怕我连累你吗？"

"不，不怕……"她停顿了一下才这样说。

"呵！我的亲爱的玉弦！"

"我的亲爱的季侠！"

我一把将她抱到我的怀里，和她接了很多的甜蜜的吻。这时我愉快，兴奋，欢喜到了极度，仿佛进入了仙境的乐园似的。……在热烈的接吻和拥抱之后，我的一颗为情爱的火所烧动的心，渐渐地平静下去，因为我已决定了她是我的，她是真正爱我的人了。

夕阳的金影从大地消逝下去，园内树丛中间的几盏稀疏的电灯，渐次地亮将起来，——夜幕已完全展开了。我与玉弦走出园来，到一家小饭馆吃了饭之后，我即将她送回学校去。她的学校离我的住处并不甚远，她进了学校门之后，我即徒步归来，这时我的满身心充满了愉快，希望和幻想，我幻想我俩结婚采取何种的形式，将来的小家庭如何过法，我如何教导她做文读书，恋爱的生活如何才能维持得永久不变……总之，我觉着我是一个很幸福的人，我的将来生活有无限的光明。我断定玉弦真是爱我的人，她将给我很多的帮助，将能永远使我生活在幸福的怀抱里。我并且想到我这一夜将做一个很甜蜜的很甜蜜的梦，一个流浪的文人，四处漂泊的我，现在居然确定地得到了一个可以安慰我的女子，我的心境是如何地愉快呢？我从没有这般愉快过！

幸福的幻想不知不觉地把我送到自家的门口来。我刚要举手摇动门上的铜环时，忽然听见里边客堂内有争吵的声音，于是我就停止叩门，静悄悄地立着，侧耳听里面到底发生了什么事情。

"你已经这样大了，替你说婆家，你总是不愿意，你说，你到底想怎么样呢？难道说在家里过一辈子吗？"老太婆的声音。

"难道说一个女子一定要嫁人吗？嫁人不嫁人，这是我自己的事情……"

"哼！哼！……"这似乎是淑君的父亲在叹气。

"现在的时局很不好，你天天不落家，到底干一些什么事？你这一包东西从什么地方拿来的，你说！一个姑娘家怎么能做这些事，你也不想想吗？你难道说真个同他们什么革命地胡闹吗？……哼！……你就是不替自己想想，你也应当替我们想想！如果闹出什么乱子来，你叫我们怎么得了！……唉！想不到你近来变到这个样子！……你嫁人不嫁人，我以为倒没什么要紧，可是你什么革命革命地，那可是不行！……"

我听到此地，不禁暗自想道："糟了！淑君的事情被她的父亲觉察了，这样怎么办呢？"

"请你们不要大惊小怪的！谁个要去革什么命来？这一包东西是一个同事交给我的，明天我还是要带给她的，有什么大了不得的事情呢？……哼！真是……"

"你这话是骗谁的呵！……我看你将来怎么得……得了……万想不到你会变成这……这……这个样……样子……"老太婆哭起来了。

"好，书也不要教了，我们也不缺少这个钱用。你可以在家里做点事情，不要出去……"

"那可不行！坐在家里不会闷死掉了吗？什么都可以，可是闲坐在家里是不行的；我也不是一个囚犯！……我任着在大马路被外国人打死都可以，被兵警捉去枪毙也可以，可是要我在家里坐着像囚犯一样，那可不行……"

"……"

听到此地，我也没有心思再往下去听了。我暗自佩服淑君的不屈的精神，我想进去为她辩白，解一解她的围困，但是我转而一想："不妥当！我自身是一个唆使的嫌疑犯。我老早就被他们疑惑到什么革命党人身上去，为着方便起见，我还是暂且不进去吧。"于是我走出弄口，顺着 A 路闲踱了一回。后来觉着无趣，便跳上电车去 S 路找朋友。幸而 C 君在家里，从他的口里我得知戒严司令部昨天枪毙了几个煽动罢工的学生，今天又逮捕了许多谋乱的工人。C 君为我述说了许多关于近来政局的消息。我听了他的话之后，一时惭愧和愤激的情绪鼓荡起来；我的一颗心只悬在淑君的身上；一两点钟以前，我与玉弦在 F 公园的情景，几乎完全被我忘却了。

八

说起来，真也惭愧！我也曾流浪过许多有名的地方，但从未曾去过西湖一次。在上海住了很多年，而上海又是离西湖很近的地方，不过是一夜的火车路程，而我总没有……唉！说起来，真是惭愧！"到西湖去呵！到西湖去呵！"我也不知道我曾起过多少次的念头，但每当决定往西湖游览的时候，总是临时遇着了什么纠葛的事情发生，绊住我不能如愿。我梦想的西湖是多么美丽，风雅和有趣：湖水的清滢，风月的清幽，英雄美人的遗迹，山丘峰岚的别致……所谓明媚善笑的西子，也不知要怎样地迷恋住游客的心魂！"西湖不可不到！我一定要领受一下西子怀里的温柔！我一定要与美丽的湖山做一亲切的接吻！……"我老是这样地梦想着，但是至今，至今我还未与西子有一握手的姻缘。

在车马轰动，煤灰蔽目的上海，真住得我不耐烦了。我老早就想到一个比较空气新鲜，人踪寂静些的地方，舒一舒疲倦的心怀。自从与玉弦决定了恋爱的关系之后，我就常常想与她一块儿到西湖去旅行。我与她商量了几次，她甚表同意。她本是先在杭州读过书的，屡屡为我述及西湖的令人流连不置，我更为之神魂向往。于是我俩决定利用春假的机会，往西湖去旅行几天。

但是，我已经说过，我是一个穷苦的文人，到什么地方去弄到这一笔旅行费呢？第一次去游西湖，总要多预备一点钱，游一个痛快才好，况且又与玉弦一块儿……我算来算去，至少需要一百元，可是筹得这一百元却非易事。我是以卖文为生的，没有办法筹款，我当然又只得要拿起笔来绞弄心血了。我于是竭力做文章，预备将一篇小说的代价做游西湖的旅费。我预先已经与一个出版家约好了，他说，若我将这一篇小说完成，我可以预支一百元的版税。作文章本来是很苦的事情，为着急忙卖钱而做文章，则更觉得痛苦异常。不过这一次我的希望把我的痛苦压迫下去了。我想像到有了一百元之后，我可以与玉弦在西湖的怀抱里领受无限的温柔：那时我俩或静坐湖边，默视湖水的巧笑；或荡舟湖中，领受风月的清幽；或凭吊古迹，交谈英雄美人的往事……呵！那时我将如何愉快呵！我将愉快到不可言状罢！是的，那时我将成为世界上一个最幸福的人……

我的一篇长篇小说终于完成了。当我的小说完成的时候，中国的时局却陡然一变：农工的蜂起驱走了军阀的残孽，到处招展着青天白日满地红的旗帜。革命军快到了，整个的上海好像改变了面目。完全被革命的空气所笼罩着了。我一方面欣幸我的小说终于完成了，我快要与玉弦往西湖做幸福的旅行，一方面又为整个的上海庆祝，因为上海从今后或可以稍得着一点自由了。

"陈先生！从今后你可以不必怕了，上海将要成为革命党人的天下了！哈哈哈！"淑君很高兴地这样对我说。

"密斯章，你现在的工作很忙罢？"我问。

"是的，工作忙得很：开会哪，游行哪，散传单哪，演讲哪……真是忙得很！不过虽是忙也是高兴的！"

是的，我高兴，淑君高兴，我们大家都高兴，庞大的上海要高兴得飞起来了，不过我的高兴有两种：一种高兴是与淑君的高兴相同的；一种高兴却为淑君所没料到了，我要与玉弦一块儿往西湖旅行，我要温一温西子的嘴唇……但这一种高兴，我却不愿向淑君表示出来。

"不料我们也有今日呵！"淑君趾高气扬地这样说，仿佛她就是胜利的主人。我也跟着她说道：

"不料我们也有今日呵！"

淑君这几天的确是很忙，很少有在家的时候，她的父母也无可奈何，只得听她。我还是如政局未变以前的闲散，没什么正式的政治的工作。有时想起，我好生惭愧：淑君居然比我努力得多了！呵！我这不努力的人呵！

我一心一意只希望春假的到来，玉弦好伴我去游西湖，那美丽的，温柔的，令我久生梦想的西湖。

我一天一天地等着，但是时间这件东西非常奇怪，若你不等它时，那它走得非常之快，若你需要它走快些时，那它就摆起一步三停的架子，迟缓得令人难耐。"你快些过罢，我的时间之神！你将春假快些送来罢，我的时间之神！呵！美丽的西湖！甜蜜的旅行！……"我真焦急得要命！我只觉着时间之神好像与我捣乱似的，同时我又担心我没有长久保持这百元钞票的耐性，因为我没有把钱放在箱内，而不去动它的习惯。

最后，春假是盼望到了，但是，唉！但是不幸又发生了不幸的事变，报纸上刊登以下的消息：

  H地发生事变……敌军反攻过来……流氓捣毁工会……逮捕暴徒分子……全城秩序紊乱……铁路工人罢工……

糟糕，西湖又去不成了！唉！西湖之梦又打断了！

我真是异常地失望！我真未料到我这一次不能圆满我游西湖的美梦。钱也预备好了，同伴的又有一个亲爱的玉弦，而且政治环境也不如从前的危险了……有什么可以阻拦我呢？但是现在，唉！现在又发生了这种不幸的事情，——天下的事情真有许多难以预料的。唉！我的美丽的西湖，我的不幸的中国！……

清早起来，洗了脸之后，连点心都没有吃，先拿起报纸来看，不幸竟看到了这种失望的消息。我将这一则消息翻来覆去地看了三四遍，我的神经刺激得要麻木了。我的西湖的美梦消逝了；这时我并未想到玉弦的身上。我好似感觉得一场大的悲剧快要到来，这一则消息不过是大的悲剧的开始。因此，我的满身心颤动起来。

"扑通，扑通……"有人走上楼来了。

惨白的，颤动的淑君立在我的面前。她发出急促的声音来：

"陈先生！你看见了H地的事情吗？这真是从何说起呀！"

我痴呆地两眼瞪着她，向她点一点头。

"这是为着何来？这革命革得好呀！"

"哼！"我半晌这样地叹道，"密斯章！你以这件事情为奇怪吗？S地也要快了罢。……不信，你看着……"

淑君两眼这时红起来，闪着愤激的光。她愤激得似乎要哭起来了。我低下头来，不愿再看她的神情。我想说几句话来安慰她一下，但是我自己这时也愤激得难以言状，实在寻不出什么可以安慰她的话。

"哼！……哼！"她叹着气走下楼去了。

淑君走后,我即向床上躺下,连点心都忘却吃。我又想起西湖和玉弦了:西湖的旅行又不成事实了。唉!这真是所谓好事多磨!……玉弦今天看了报没有?她看见了这一则消息,是不是要同我一样地失望?她今天上午是没有课的,她大概要到我这里来的罢……亲爱的玉弦……美丽的西湖……悲哀的中国……可怜的淑君……

我真是异常地愤激和失望。我希望玉弦快些来安慰我,在与玉弦拥抱和接吻中,或者可以消灭我暂时的烦忧。我希望她来,我渴望着她的安慰,拥抱和接吻,但是奇怪,她终于没有来,也许她今天是很不爽快的罢?也许她今天在忙着罢?不,她今天一定要来!她今天应当来!时间是一秒一分一点地过去了,快到吃午饭的时候了,奇怪,她终于没有来。

第二天上午玉弦来了。她依然是穿着黑素色的衣服,不过她的面色不似往日来时那般地愉快了,显然是很失望的,忧郁的,或者还可以说,也有几分是惊慌的。我当然还是如从前一样地欢迎她,一见她走进我的屋时,我即连忙上前握她的手,抱她吻她,……但她这一次对我的表示却非常冷淡。我虽然感觉得不快,但我却原谅她:也许她身体不舒服罢?也许因为杭州发生事变,我们不能做西湖之游了,她因之失望,弄得精神不能振作罢?也许她因为别的事故,弄得心境不快罢?……总而言之,我为她设想一切,我原谅她一切。

我俩并排地坐在床沿,我将她的双手握着。我还想继续地吻她,但她似乎故意地将面孔掉过去背着我。

"你昨天上午为什么不来呢?"我问她。

"……"

她没有回答我。我接着又问她道:

"你今天似乎很不高兴的样子,难道有什么心事吗?请你告诉我,玉弦!"

"没有什么心事。"她又沉默下去了。

"那么,你为什么不高兴呢?是不是因为 H 地发生了事情,我们西湖去不成了?"

"西湖去不去,倒没什么要紧。"

"你到底因为什么不高兴呢?"

玉弦沉吟了半晌,后来很颤动地说道:

"你难道还不晓得吗?近来,这两天……"

"近来什么呀？"

"近来风声紧的很，他们说要屠杀，时局危险得很……"

"这又有什么要紧呢？"

"难道说你……你……不怕吗？……"

"我怕什么！我也没有担任什么工作，难道说还能临到我的头上来吗？请你放心！"

她不做声，我用手想将她背着我的脸搬过来，但搬过来她又转将过去了。我这时真猜不透她是什么意思。若说是她怕我有危险，为我担心，那她就应当很焦心地为我筹划才对，决不会这样就同我生气的样子。若说是因为愤激所致，但她却没有一点愤激的表示。……这真教我难猜难量了！沉默了一忽，她先开口说道：

"我要回家去……"

"现在回家去做什么呢？"

"我的母亲要我回家去。"

"你的母亲要你回家去？你回家去了，把我丢下怎么办呢？我现在的生活是这样地烦闷，时局又是这样的不好，你回去了，岂不是更弄得我难受吗？"

"……"

"你能忍心吗？我的玉弦！……"

"我没有法子想，我一定要回去。"

"那吗你什么时候才能回上海呢？"

"说不定，也许要两个礼拜。"

我到这时再没有什么话可说了。生活是这样地烦闷，时局是这样地不好，而她又要回家去……唉！我没有话可说了。我没有再说挽留她的话，因为我看她的意思是很坚决的，就是挽留也是不发生效力的呵！爱人！……安慰！……甜蜜的幻想！……这时对于我所遗留的，只是无涯的怅惘，说不出的失望。

"天不早了，我要回去了，下午还有课……"

她立起身，我也随着立起身来，但没说一句话，似乎失落了一件什么要用的东西，而又说不出什么名字来。我送她下楼，送她走出门外，如往时一样，但是往时当她临行时，我一定要吻她一下，问她什么时候再来，今天却把这些忘却了。当我回转头来经过客堂时，淑君含笑地问我道：

"陈先生！密斯郑的学堂还在上课吗？"

"大约还在上罢。"我无精打采地回了一句。

"近来风声很紧，有很多的人都跑到乡下去了。"

"是的，密斯郑说，她也要回家去。"

"她也怕吗？哈哈！这又有什么怕的呢？"

"我不知道她怕不怕，也许是因为怕的原故罢？"

"陈先生！只有我们才不怕……"

淑君说这句话时，显现出一种矜持的神气。她的面孔荡漾着得意的波纹，不禁令我感觉得她比往日可爱些。

九

过了三天，我接到了玉弦一封简单的信，信上说，她不得已因事回家，上车匆匆，未及辞行，殊深抱歉，请我原谅……呵！就是这样简单的几句话！我真没有料得到。这封信所给我的，也只是无涯的惆怅，与说不出的失望。

玉弦走了的第二天，空前的大屠杀即开始了。……

我是一个流浪的文人，平素从未曾做过实际的革命的运动。照理讲，我没有畏避的必要。我不过是说几句闲话，做几篇小说和诗歌，难道这也犯法吗？但是中国没有法律，大人先生们的意志就是法律，当你被捕或被枪毙时，你还不知道你犯的是那一条法律，但是你已经是犯法了。做中国人真是困难得很，即如我们这样的文人，本来在各国是受特别待遇的，但在中国，也许因为说一句闲话，就会招致死刑的。唉！无法的中国！残酷的中国人！……但既然是这样，那我就不得不小心一点，不得不防备一下。我是一个主张公道的文人，然而我不能存在无公道的中国。偶一念及我的残酷的祖国来，我不禁为之痛哭。中国人真是爱和平的吗？喂！杀人如割草一般，还说什么仁慈，博爱，王道，和平！如果我不是中国人，如果我不同情于被压迫的中国群众，那我将……唉！我将永远不踏中国的土地。

我不得不隐避一下。我的住址知道的人很多，这对于我的确是一件危险的事情，我不得不做搬家的打算。是的，我要搬家，我要搬到一个安全的，人所不知的地方。但是我将如何对淑君的家人，尤其是对淑君，怎样说法呢？我住在她的家里已经很久了，两下的感情弄得很浓厚，就同在自己的家里一样，今一旦无缘无故地要搬家，这却是从何说来？得罪了我吗？我住着不舒服吗？若不是因为这些，那吗为什么要搬家？将我要搬家的原因说与他们听，这又怎么能够呢？我想来想去，于是我就编就了一套谎语，不但骗淑君的家人，而且要骗淑君。呵！倘若淑君得知道了这个，那她不但要骂我为怯懦者，而且要骂我为骗子了。

　　日里我在 S 路租定了一间前楼，这个新住所，我以为是比较安全的地方；当晚我即向淑君的家人说，——淑君不在家——我要离开上海到西湖去，在西湖或要住半年之久，因此，不得不将我的书籍及一切东西寄存到友人的家里。等到回上海时，倘若他们的这一间楼面到那时没有人住，我还是仍旧搬来住的，因为我觉得我们房东和房客之间的感情很好，我并且以为除了他们这样的房东而外，没有再好的房东了。

　　"到西湖去住家？为什么要到西湖去住家？在上海住不好吗？我们已经住得很熟了，不料你忽然要搬家……"

　　淑君的嫂嫂听了我要搬家的话，很惊异地，而且失望地向我这样说。我的回答是：学校关门了，薪水领不到，现在上海又是百物昂贵，我一个人的生活非百元不可，现在不能维持下去了。所以不得不离开上海。西湖的生活程度比较低些，每月只要三四十元足矣，所以我要到西湖住半年，等到上海平静了，学校开门的时候，我还是要回上海的。

　　我这一篇话说得他们没有留我的余地。淑君的母亲不做声，表示着很不高兴的样子，淑君的父亲听了我的话之后，竭力称赞我的打算是很对的。淑君这时还没有回来，也许在那里工作罢；如果她听了我要离开她的话，那她将做什么表示呢？我想她一定很不愿意罢？……好，这时她不在家里，对于我是很方便的事情，——我不愿意看见她脸上有挽留我的表情。她的家人无论那一个，要说挽留的话，我都易于拒绝，但是淑君有什么挽留我的表示，那我就有点为难了。

　　第二天清早我即把东西检点好了。淑君平素起身是很宴的，不料今天她却起来得很早。我本想于临行时，避免与她见面，因为我想到，倘若我与她见面，两下将有说不出的难过。但是今天她却有意地起来早些，是因为要送我的行呢？还是因为有别的事情？我欲避免她，但她却不欲避免我，唉！我的多情的淑君，我感激你，永远地感激你！

　　淑君的父亲和哥哥很早地就到公司里去上工去了。老太婆还没有起来。当我临行时，只有淑君和她的嫂嫂送我。她俩的脸上满露着失望的神情。淑君似乎有多少话要向我说的样子，但是终于缄默住了。只有当我临走出大门的一刻儿，淑君依依不舍地向我问道：

"陈先生！你现在就走了吗？"

"……"

我只点一点头，说不出什么话来。

"到西湖后还常来上海吗？"

"我至少一个月要来上海一次，来上海时一定要来看你们的。"

"那可是不敢当了。不过到上海时，请到我们家里来玩玩。"

"一定的……"

"陈先生！你该不至于忘记我们罢？……"

淑君说这话时，她的声音显然有点哽咽了，她的面色更加灰白起来。我见着她这种情形，不禁觉得无限的难过，恨不得把她的头抱起，诚诚恳恳地吻她一下，安慰她几句。她的嫂嫂立在旁边不做声，似乎怀着无涯的怨望，这种怨望或者是为着淑君而怀着的罢？……我很难过地回答她一句，同时望着她的嫂嫂：

"绝对地不会！密斯章！嫂嫂！好，时间不早了，我要走了，再会罢！……"

我走了。我走到弄堂口回头望时，淑君和她的嫂嫂，还在那里痴立着目送我。我想回头再向她们说几句安慰话，但挑东西的人已经走得很远了，我不得不跟着他。

我对于淑君，本没有恋爱的关系，但是当我现在离开她时，我多走一步，我的心即深一层的难过，我的鼻子也酸了起来，似乎要哭的样子。我也不知道这是因为什么，难道说不自觉地，隐隐地，我的一颗心已经为她所束住了不成？我并没曾起过爱她的念头，但是这时，在要离开她的当儿，我却觉得我与她的关系非常之深，我竟生了舍不得她的情绪。我觉着我离开她以后，我将感受到无限的孤寂，更深的烦恼。呵！也许无形中，在我不自觉地，我的一颗心已经被她拿去了。

我搬到新的住处了。

新的房子新的房东，我都没感觉到有什么不好的地方，但我感觉得如失了一件什么东西似的。我感觉得有点不满足，但是什么东西我不满足呢？具体地我实在说不出来。淑君在精神上实给予了我很多的鼓励和安慰，而现在她不能时常在我的面前了，我离开她了。……

我搬进新的寓所以来，很少有出门的时候，光阴一天一天地过去，我的烦恼也就一天一天地增加。本想在这种寂静的环境中，乘着这少出门的机会，多写一点文章，但是无论如何，提不起拿笔的兴趣。日里的工作：看书，睡觉，闲踱，幻想；晚上的工作也不外这几项，并且孤灯映着孤影，情况更觉得寂寥难耐。"呵！倘若有一个爱人能够安慰我，能够陪伴着我，那我或者也略为可以减少点苦闷罢？……唉！这样简直是在坐牢！……倘若玉弦不回家，倘若她能天天来望望我，谈谈，吻吻，那我也好一点，但是她回家去了……不在此地……"我时常这样地想念着。我一心一意地希望玉弦能够快些来上海，至少她能够多寄几封安慰我的信。光阴一天一天地过去，我的烦恼也就一天一天地增加，我的希望也就一天一天地殷切，但是老是接不着玉弦的来信。玉弦不但不快些来上海，而且连信都不写给我，不但不写信给我，而且使我不能写信给她，因为我虽告诉了她我转信的地方，而她并没有留下通信地址给我。

"难道是她变了心吗？……"我偶尔也想到此，但即时我又转过念头，责备自己的多疑，"不会！不会！绝对不会的！我俩的关系这样深，我又没有对不起她的地方，她哪能就会变了心呢？……大约是因为病了罢？也许是因为邮政不通的原故……她是个很忠实的女子，绝对不会这样地薄情！……"当我想到"也许是因为病了罢"我不禁把自身的苦闷忘却了，反转为玉弦焦急起来。

已经过了两礼拜了，而我还未得到玉弦的消息。我真忍耐不下去了，于是决意到她的学校去探问，不意刚走进学校的门，即同她打个照面。她一见到我时，有点局促不安的样子，面色顿时红将起来。我这时真是陷于五里雾中，不知她究竟是怎么一回事：难道说没有回家去？回家去了之后，为什么不写信给我？既然回到上海了，为什么不通知我一声？为什么今天见着我不现着欢欣的颜色，反而这样局促不安？奇怪！真正地奇怪！……我心里虽然这样怀疑，但是我外貌还是很镇定地不变。我还是带着笑向她说道：

"呵呵！我特为来探听你的消息，却不料恰好遇着你了。你什么时候回到上海的？"

"我是昨……昨天回到上海的。"她脸红着很迟钝地这样说了一句，便请我到会客室去，我跟着她走进会客室，心中不禁更怀疑起来：大约她是没有回去罢？

"一路上很平安吗？"

"还好。"

"你走后，我从未接到你的一封信，真是想念得很；你没有留给我你的通信处，所以我就想写信给你，也无从写起。"

"呵呵！真是对不起你的很！"

"你没到我的原住处去罢？我搬了家了。"

"呵呵！你已经搬了家了！"

"今天你能跟我一块儿到我的新住处坐一下吗？"

她低下头去，半晌抬起头来说道：

"今天我没有工夫，改一天罢……"

"你什么时候有工夫？"

"后天下午我到你那儿去。"

"好，后天我在家里等你。"

我将我的住处告诉了她之后，见着她似乎是很忙的样子，不愿意耽误她的事情，于是就告辞走回家来。

照理讲，爱人见面，两下应当得着无限的愉快和安慰，但是我今天所带回家来的，是满腹的怀疑，一些不是好征兆的感觉。"无论好坏，她变了心没有，等到她后天来时，便见分晓了。唉！现在且不要乱想罢！……"于是我安心地等着，等着，等着玉弦的到来。

过了一天了。

到了约期了。

在约会的一天，我起来非常早，先将房内整理一下，后来出去买一点果品等类，预备招待我的贵重的客人，可是我两眼瞪着表，一分过去了，……一点过去了……直到了要吃中饭的时候，而玉弦的影子还没有出现。"是的，她上午无空，下午才会来的，好，且看她下午来不来……"我无可奈何地这样设想着。我两眼瞪着表，一分过去了，一点又过去了……天快黑了……天已经黑了……玉弦还是没有来。到这时我已决定玉弦是不会来的了，于是也就决定打断盼望她来的念头。我这时的情绪谁能想像到是什么样子么？我说不出它是什么样子，因为我找不出什么适当的形容词来形容它。

我几乎一夜都没曾睡着。这一夜完全是消磨在无涯的失望和怅惘里。虽然我还不能断定玉弦的不来，是因为她已经变了心的原故，但是我已经感觉到我与她的关系已经不是和从前一样固结的了。

第二天上午我接到了玉弦的一封信："季侠：今日因事，不能践约，实深抱歉。他日有暇，请再函约可也。时局如斯，请勿外出，免招祸患……"这一封信将我对于她的希望，完全打消了，我觉得她已经不是我的了。我只有失望，只有悲哀。但我不再希望了。到现在我才觉悟我对于玉弦没有认识清楚，我看错人了。我从前总以为她是一个很忠实的女子，既经爱上了我，绝对不会有什么变更的，但是现在？唉！现在的她不是我理想中的她了！

我不怨她，我只怨我自己看错人了。我不恨她，我反以为她的为人是可怜的。……她的心灵太微小了！她是一个心灵微小的女子……

我看了她的信，沉思了一忽，即写一封信给她，做最后一次的试探。我问她：我们长此做朋友呢，还是将来要发生夫妇的关系？……我不得不如此问她，并要求她给一个坚决的回答，因为我们有约，我已经允许过她，倘若如此含混地下去，在我以为是没有意义的。在写这一封信的时候，我已料到她给我的回答，是我们只能维持朋友的关系，但我要求她给我这样一个正式的回答，因为我藉此可以完全决定我对于她的态度。

结果，她的回答与我的预料相符合。她说，我俩的情性不合，所以说不到结成夫妇的关系……呵！是的！我俩的情性的确是不合呵！这不但她现在向我这样说，我自己也是这般承认的。如果两人的情性不合，那吗怎么能维持恋爱的关系呢？情性不合，就是朋友的关系都难保存，何况恋爱？是的，我承认玉弦的话是对的。不过我很奇怪：相交了几个月，为什么到现在她才发见我俩的情性不合？为什么我到现在也才感觉到我俩没有结合的可能？我俩不是有过盟约么？不是什么话都谈过么？不是互相拥抱过，接吻过么？……但是现在却发现了"情性不合"！这是谁个的错误呢？

我读了她的回信后，即提起笔来很坚决地写了几句答覆她："你所说的话我完全表示同意。恋爱本要建筑在互相了解和情性相投的基础上面，不应有丝毫的勉强。我俩既情性不投，那么我们当然没有结合的可能。呵！再会！祝你永远地幸福罢！我俩过去的美梦，让我们坚决地忘却它罢！……"

我每读小说的时候，常常见着一个人被她或他的情人所拒绝时，那他或她总是要悲哀，苦闷，有时或陷于自杀，有时或终于疯狂……但我接着玉弦拒绝我的信的时候，我的心非常地平静，平静得比来接着她的信的时候还要平静些。这是我的薄情的表现吗？这是因为我没曾真心地爱过她吗？呵，不是！这是因为她把我所爱的东西从她自己的身上取消了。我对于过去的玉弦，说一句良心话，曾热烈地爱过，因为我把我理想的玉弦与事实的玉弦混合了；现在呢？她将我理想中的玉弦打死了，我看出了事实的玉弦的真面目，所以我不能再向她求爱了，所以当她拒绝我的时候，我的心异常地平静。

F公园初次的蜜吻，春风沉醉的拥抱，美丽的西湖的甜梦，一切，一切，一切的幻想，都很羞辱地，无意味地，就这样地消逝了！……

十

与淑君别后，已有两个礼拜了，她的消息我是完全不知道。有时我想到她的家里看看她，但当我向她辞行时，我不是说过么？我说我到西湖去，一个月或能到上海一次，现在还未到一个月，我如何能去看她呢？如果被她看出破绽来，那我将如何对她说话呢？说也奇怪，当我与她同屋住的时候，我并不时常想到她的身上，但是现在与她分离了，我反而不断地想念她，她的影子时常萦回于我的脑际。自从玉弦与我决裂后，——呵，其实也说不上什么决裂不决裂，我与她的关系不过是这样很莫明其妙地中断罢了。——我更时常地念及淑君，虽然这种念及并没含有什么恋爱的意味，但我觉得我与她的关系，倒比与她同屋住的时候的关系为深了。我觉得我的一颗心被她拿去了，我就是想忘却她，也忘却不掉，我没有力量能够忘却她。

如果淑君知道我的这种心情，要向我骂道："你这个薄情的人！你这不辨好坏的人！当人家将你抛弃的时候，你才知道念我，唉！谁要你念我？你还配念我吗？……"我也只得恭顺地承受着，因为我以为我应当受她的惩罚。她不惩罚我，我对于她的罪过，将永远消除不掉，我的心灵上的痛苦将永无穷尽。现在我情愿时常立在她的面前，受她的惩罚，但是好生悲痛呵，这已经是不可能的了！我的一颗心将永远地负着巨大的创伤。

报纸上天天登载着逮捕和枪毙暴徒分子的消息，为避免意外的灾祸计，我总以不出门为宜。一天下午我实在闷不过了，无论如何，想到大马路逛一逛，带买一点东西。我刚走到新世界转角的当儿，在我的前面有三个女学生散传单，我连忙上前接一张，这时我并没注意到散者的面目，忽然一个女学生笑着说道：

"原来是陈先生！……"

"呵呵，密斯章，很久不见了。"

"什么时候从西湖来的？"

"昨天，密斯章！"我四外望一望，很惊心地向她们说道，"散传单，事情是很危险的，你们要小心些才是！"

"没有什么，"她也四外地望一望，笑着说道，"捉去顶多不过是枪毙罢……陈先生，我问你，密斯郑现在好吗？"

"她，她……"我的脸有点发烧了，"我很久不见她了。她现在如何，我不知道。"

"难道说……"她很惊异地，这样吞吐地问我。

"我已与她没有什么关系了！"

"淑君！淑君！我们快走，巡捕来了，……"淑君的两个女同伴这样惊惶地催促她，她不得不离开我。我似乎有很多的话想向她说，但是已无说的机会了。我痴呆地站着看她们走去，我想赶上她们，与她们一块儿……我想与淑君一块儿被捕，一块儿枪毙，但我终于没有挪步。呵！我这个无勇的人！我这个怯懦者！我将永远在淑君的灵魂前羞愧！……

不料这次匆促的会面，即成为永远的诀别！天哪！事情是这样的难测，人们是这样的残酷！一个活泼泼的淑君，一个天使似的女战士，不料在与我会面的后几日，竟被捉去秘密枪毙了！唉！这是从何说起呢？难道说世界上公道是没有的么？难道说真是长此不见正义和人道么？唉！我的心痛……我若早知道这一次的会面即为永别的时候，那我将跟着她，与她并死在一块儿，虽死也是荣耀的。现在的世界还有什么生趣呢？真的，对于有良心的和有胆量的人，只有奋斗和死的两条路，不自由毋宁死呵！

在与淑君会面的这一天晚上，我的神魂觉得异常地不定；我竭力想将淑君忘却，但结果是枉然。我已发生了就同有什么灾祸要临头的感觉……"现在杀人如麻，到处都是恐怖……每一个有良心的人都有被杀头的危险……淑君？淑君也许不免呵！……唉！简直是虎浪的世界……"我总是这样地凝想着，淑君的影子隐现在我的面前，她就同缠住了我似的，我无论如何摆脱她不掉。

这究竟是怎么一回事呢？连我自己也解释不出来。

在第四天的上午，我决定到淑君的家里去看看。我走进门的时候，淑君的母亲坐在客堂左边的椅子上，她的两眼红肿得如桃子一般，面色异常地灰白。

淑君的嫂嫂坐在她的旁边,低着头做女工。她们见着我进门的时候,并不站立起来迎我,只是痴呆地缄默地向我望着。我见着她婆媳俩这般的模样,不知她们家中发生了什么不幸的事情,一时摸不着头绪。我向右边的一张椅子坐下后,两眼望着她们,不知如何开口。

大家这样地沉默了几分钟。

"陈先生,你来了吗?"淑君的嫂嫂先开口问我。

"我来了,来看你们。"

"你是来看淑君的吗?"

淑君的嫂嫂刚说完这一句话,淑君的母亲就放声哭了起来。我不知道这是因为什么,但我已感觉到是因为什么了。我一时心里难过得不堪,也似乎想哭的样子。沉吟了半晌,我很颤动地问道:

"老太太为什么这样伤心呢?"

"你,你……你难道还不晓得她?……"淑君的嫂嫂也哭起来了。

"嫂嫂,我不晓得……"

"淑君已经死了,并且死得很……很惨……"

"什么时候死……死的……?"我无论如何也忍不住不哭了。

"听说是前天晚上枪毙的……秘密地枪毙的……可怜尸首我们都看不见……"

淑君的嫂嫂和她的母亲越加痛哭起来了。这时的我,唉!我的心境是怎样的难过!唉!我也同她们一样,我只有哭!说不出的悲痛。

天哪!这是什么世界!我,我简直要发疯了!……

最后,我勉强忍住哭,向她们说了几句话,即告辞走出门来。我走到弄堂口时,见着街上如平素一样平静,人们还是来来往往,并没有什么异样,我的心茫然了。我向什么地方去呢?回家去?回家去干什么呢?我应当去找淑君,追寻淑君的魂灵!

天哪!这是什么世界!我,我简直要发疯了!……

我买了一瓶红玫瑰酒和一束鲜花,乘车至吴淞口的野外。我寻得一块干净的草地,面对着汪洋的大海,将酒瓶打开,将一束鲜花放好,即开始向空致祭,我放声痛哭,从来没有这样痛哭过,我越哭越伤心,越伤心越痛哭,一直哭到夕阳西坠。

她生前我既辜负了她,她死后我应以哭相报。我哭到不能再哭的时候,心内成了一首哀诗,就把我这首哀诗当我永远的痛哭罢!

  到处都是黑暗与横驰的虎狼,
  在黑暗里有一只探找光明的小羊;
  不幸虎狼的魔力太大了,
  小羊竟为着反抗而把命丧。
  唉!我的姑娘!
  我怀着无涯的怅惘。

  回忆起往事我好不羞惭!
  我辜负了你的情爱绵绵。
  如今我就是悔恨也来不及了,
  我就是为你心痛也是枉然。
  唉!我的姑娘!
  我只有对你永远地纪念。

  我想到你的灵前虔诚地奠祭,
  但谁知道你的尸身葬在何地?
  在荒丘野冢间被禽兽们吞食,
  抑饱了鱼腹连骨骼都不留痕迹?
  唉!我的姑娘!
  且让我将你葬在我的心房里。

  归来罢,你的侠魂!
  归来罢,你的精灵!
  这里是你所爱的人儿在祭你,
  请你宽恕我往日对你的薄情。
  唉!我的姑娘!
  拿去罢,我的这一颗心!

这一瓶酒当作我的血泪；
这一束花当作我的誓语：
你是为探求光明而被牺牲了，
我将永远与黑暗为仇敌。
唉！我的姑娘！
我望你的魂灵儿与我以助力。……